Hexeninternat

Alex

Heiko Grießbach

Abseits der Hexeninternatsreihe und doch thematisch zugehörig beschreibt diese Geschichte die Erlebnisse von Tanjas Freund Alex. Aus seiner Sicht erleben wir seine Ankunft im Internat, seine erste Begegnung mit Tanja und wie es mit den beiden weiterging. Diese Geschichte ist eigenständig, doch wenn man vorher die drei Teile des Hexeninternats gelesen hat, wird man einiges Neues erfahren, über viel Bekanntes stolpern und Aha-Effekte erleben. Es spielen natürlich auch Tanja, Sunny, Elke, die Zwillinge, Adrian und weitere Figuren mit. Der Schwerpunkt dieses Buches liegt diesmal mehr auf der Beziehung von Alex und Tanja und weniger auf Action und Magie, obwohl diese auch eine Rolle spielen.

Heiko Grießbach

INHALT

Ich danke allen, die mich zu diesem etwas ungewöhnlichen Teil inspiriert haben und widme Hexeninternat - Alex meinen begeisterten und treuen Lesern!

Heiko Grießbach

„So ein Mist!", rief Alex laut, als der Stürmer den Ball abgeben musste. Er sah zu, wie zwei Spieler der Gegenmannschaft den Mann bedrängten und ihm keine andere Wahl blieb, als das Leder seinem Hintermann zuzuspielen. Jetzt ging er auch noch zu Boden. Die Schreie, Rufe und Pfiffe um Alex herum wurden lauter, während der rhythmische Spruch der fußballbegeisterten Menge: „Celle vor, noch ein Tor! Celle vor, noch ein Tor!" ins Stocken geriet. Alex bekam einen Blick von seinem Vater zugeworfen, aus dem er herauslas, dass er ihm zustimmte, was das Wort Mist betraf, dass größere Schimpfworte von ihm aber nicht toleriert werden würden. Mist beschrieb die Situation sanft und treffend. Der Chor rief zwar: Celle vor, NOCH ein Tor, denn zweimal hatte die Heimmannschaft bereits das Runde in das Eckige gebracht, aber ihre Gegner, die Elf von Eintracht Braunschweig, die einfach besser spielten, konnten bereits vier Tore für sich verbuchen.

Alex schaute zur Uhr auf der Anzeigetafel des Günther-Volker-Stadions und winkte ab. „Es ist eh gelaufen, nur noch zwei Minuten Spielzeit. Wir haben verloren!"

„Ja, aber es war ein spannendes Spiel", entgegnete sein alter Herr gut gelaunt. „Und dabeisein ist alles!"

Alex wusste damals noch nicht, dass er das letzte Mal mit seinem Vater bei einem Fußballspiel gewesen war und dass sich sein Leben bald von Grund auf ändern würde. Wochen später, genau zwei Monate vor seinem sechzehnten Geburtstag am zwanzigsten August, führten seine Eltern ein ernstes Gespräch mit ihm.

„Du wirst bald sechzehn, mein Junge", begann sein Vater. Er sah mit seinen dunkelblauen Augen ernst vor sich auf den flachen Couchtisch und hatte die Beine übereinandergeschlagen. Eine Haltung, die Alex missfiel und die er schon viel zu häufig bei Frauen und Mädchen sehen musste. Ein Mann sollte nicht so dasitzen und sich das Wichtigste quetschen, das er besaß. Seine Mutter nickte zu den Worten seines Vaters wie ein Huhn, das durch den Dreck watet und Körner sucht, während Vaters Hand ihr Knie tätschelte. Der Fernseher war einmal aus, was ein seltenes Ereignis darstellte und die Wichtigkeit der Situation hervorhob.

„Die neunte Klasse wirst du mit guten Noten abschließen, das wissen wir schon", fuhr sein Vater fort. Sein ergrautes Haar lag ordentlich gekämmt auf dem Kopf, sein Kinn zeigte den grauen Schimmer der Bartstoppeln, die im Laufe des Tages nachgewachsen waren. Erste Schweißtröpfchen perlten auf seiner Stirn. Der Mann, der als Postbote Briefe und Pakete auslieferte, war es nicht gewohnt, Reden zu schwingen.

„Du bist intelligent und hast eine schnelle Auffassungsgabe. Du weißt auch, dass du eine ungewöhnliche Fähigkeit besitzt und dass wir Hexer sind. Du weißt, dass wir nicht darüber sprechen, was wir sind und was wir können und dass wir nicht allein sind. Es gibt Hexer und Hexen in Deutschland und auf der ganzen Welt. Nur wollen deine Mutter und ich keinen Kontakt zu den anderen, die wie wir sind, sondern wir wollen normal und in Ruhe leben." Er warf Alex' Mutter einen Blick zu und sie lächelte ihn an.

Alex sah ebenfalls seine Mutter an und kniff die Augen zusammen. Er betrachtete ihr menschliches Gehirnmuster, sah dann das hexische seines Vaters an. Er überlegte, was dieses Gespräch sollte und worauf sein Alter hinaus wollte.

„Du bist jetzt alt genug und stehst vor der Entscheidung, wie du dein zukünftiges Leben führen sollst. Willst du dich intensiver mit der Materie des Hexischen beschäftigen oder lieber normal und menschlich leben? Bedenke dabei, dass es noch andere gibt, die Jäger, die in tödlichem Kampf mit den Hexern und Hexen liegen und wenn du deine Herkunft aufdeckst, wirst du in ständiger Gefahr leben müssen. Auch gibt es die WWWF, die World Wide Witch Foundation, die weltweite Hexenvereinigung, die dir Schutz geben kann. Viele arbeiten für die Organisation und kämpfen gegen die Jäger. Das alles ist deine alleinige Entscheidung, mein Sohn. Falls du dich zu deinem Wesen bekennen möchtest, so gibt es ein Internat, wo du die Schule beenden kannst, wo deinesgleichen lernen und wo sie ihre Fähigkeiten trainieren. Das Hexeninternat liegt im

Schloss Torgelow, am Torgelower See, unweit der Müritz in Mecklenburg. Dort könnten wir dich hinschicken, wenn du es magst. Jetzt wollen wir dir alles sagen, was wir über Hexen, Jäger und die WWWF wissen. Und du musst dich entscheiden, was du willst und wie du leben willst."

„Du kannst bis morgen alles bedenken und vor allem eine Nacht darüber schlafen", sagte seine Mutter, fuhr sich über die dunklen Locken und schenkte ihm einen leicht unsicheren Blick. „Für mich war das alles, als es mir dein Vater das erste Mal erzählte, ein großer Schock und ich glaubte ihm kein Wort. Hexen und Magie, das klang für mich viel zu sehr wie Märchen, die man Kindern zum Einschlafen erzählt. Doch dein Vater überzeugte mich, dass es so etwas tatsächlich gibt. Für dich ist das einfacher, du weißt ja, dass du ein Hexer bist und kennst bereits deine Fähigkeit. Aber alles kennst du noch nicht, also hör' gut zu. Und dann schlafe bald und sage uns morgen deine Entscheidung."

Für Alex' Geschmack machten seine Eltern viel zu viel Tamtam um die ganze Sache und dass er sich nun so plötzlich entscheiden sollte, fand er nicht so gut. Er konnte doch auch später noch seine Meinung ändern, wo war das Problem? Aber so war sein Vater eben, immer gleich endgültige Entscheidungen treffen, seine Meinung nie ändern und immer nur schwarz oder weiß, gut oder böse. Zwischentöne, grau eben, gab es für ihn nicht.

Er hatte anschließend nicht viel wirklich Neues erfahren, aber das mit dem Internat fand er interessant und überlegenswert. Wollte er später mal für die WWWF arbeiten? Der Gedanke daran hatte etwas Verlockendes, so, als ginge er zum Geheimdienst. Und ein wenig war es ja auch so. Welcher normale Mensch wusste schon, dass es Hexen wirklich gab oder dass die WWWF existierte? Je mehr er darüber nachdachte, desto mehr gefiel ihm die Idee, in dieses Internat zu gehen. Und sicher bot es die besten Voraussetzungen, um später für die WWWF zu arbeiten. Hier in Celle hatte er keine Perspektiven. Sollte er wie sein Vater zur Post gehen, wie seine Mutter im Supermarkt arbeiten? Das würde ihn nie ausfüllen können, nie befriedigen. Aber mit seinesgleichen gegen die Jäger kämpfen, das Leben anderer Hexen sicherer machen, seine Fähigkeiten nicht nur zu nutzen, sondern sie zum Wohle anderer einsetzen zu können, wie er es sich schon als Kind vorgestellt hatte, das wäre doch genau das, was ihm Spaß machen würde!

Im Einschlafen erinnerte sich Alex daran, wie er das erste Mal seine Fähigkeit eingesetzt hatte und wie es dabei beinahe zu einer Katastrophe gekommen wäre ...

Es war nach dem Unterricht gewesen. Er wollte wie immer schnell nach Hause und musste an einem Jungen vorbei, der eine Schülerin belästigte, indem er ihr an den Haaren zog.

„Hey, lass sie in Ruhe", rief er dem Typen aus der Parallelklasse zu. Der hieß Klaus, wenn er sich recht erinnerte und war ein Jahr älter, da er schon einmal sitzen geblieben war. Letztes Jahr hatte er die vierte Klasse das zweite Mal absolviert und trotzdem nur einen Viererdurchschnitt geschafft. *Doof wie Bohnenstroh*, hatte mal jemand gesagt und Klaus gemeint. Genau so sah der Kerl auch aus, fand Alex.

Hohe flache Stirn, fiese Augen, dümmliches Grinsen und blondes Strubbelhaar. Aber einen kräftigen Körper besaß er. Alex war mit seinen elf, fast zwölf Jahren groß, jedoch schlank, hager und seine Arme und Beine wirkten dünn wir Spinnenglieder. Deshalb nannten ihn viele auch einfach nur Spider, was das englische Wort für Spinne war.

„Halte die Klappe, Spider", sagte jetzt auch Klaus und zog wieder Natalie am langen geflochtenen Zopf. Das Mädchen kreischte, weil der grobe Zug am Haar ihr wehtat. Sie wollte Klaus ohrfeigen, doch der wehrte grinsend ihre Hand ab. „Nat gefällt es, wenn ich sie anfasse."

„Bist du blind?", fuhr Alex ihn an. „Denkst du, sie schreit vor Freude, oder was? Lass sie endlich in Ruhe!"

„Schnauze Spider, halte dich da raus! Oder was willst du machen? Mir eine reinhauen?"

Genau das hätte Alex gerne getan, doch gegen den größeren und stärkeren Typen hatte er keine Chance. Die Wut darüber, hilflos zu sein, Nat leiden zu sehen, ihr nicht helfen zu können und so schwach zu sein, vermischte sich zu einem Brodeln, das Alex völlig ausfüllte. Er atmete schneller und bekam dennoch kaum noch Luft, sein Herz pochte ihm im Halse und seine Hände ballten sich zu Fäusten. Die Wut füllte ihn aus und suchte einen Weg, einen Kanal, um aus ihm herausbrechen zu können. Plötzlich spürte Alex, wie sich etwas veränderte. Etwas in ihm drinnen übernahm die Kontrolle und tat etwas mit Klaus. Der Junge hatte die Hand geöffnet und Natalies Zopf losgelassen. Sie wich einige Meter zurück und ließ ihren überraschten Blick von Klaus zu Alex und wieder zurück pendeln. Ihrem Gesicht war anzusehen, dass die Situation sie verwirrte und sie sich fragte, warum Klaus sie nicht mehr festhielt und ob es sich nur um einen Trick handelte.

Klaus begann zu keuchen, sein Gesicht lief rot an und er griff sich an den Hals, als bekäme er keine Luft mehr und würde ersticken. Alex wusste in diesem Moment, dass es wirklich so war, dass er die Luft vor Klaus' Gesicht so verdichtete, dass sie wie eine zähflüssige Masse nicht mehr in seinen Mund strömte und er sie nicht mehr in seine Lunge saugen konnte. Den Mund weit aufgerissen, versuchte er, etwas zu sagen, doch jetzt drang nicht einmal mehr ein Keuchen über seine Lippen, da er dafür nicht den Atem hatte. Er erstickte tatsächlich! Schon brach er auf die Knie, hob die linke Hand und richtete sie auf Alex. Er winkte, sagen konnte er ja nichts, dann sank er gänzlich zu Boden und begann zu zucken. Alex erschrak ebenso wie Natalie, die aus großen Augen auf Klaus starrte und in Tränen ausbrach. Weinend rannte sie weg und suchte sicher nach einem Lehrer, um ihm alles zu erzählen. Alex versuchte zu stoppen, was sein Ich mit Klaus tat und endlich gelang es ihm, die Kraft in seinem Innern zu bremsen und schließlich zu stoppen. Der Junge am Boden hatte das Bewusstsein verloren.

Der Mathelehrer kam angelaufen und fragte, was denn los sei, dann kümmerte er sich um Klaus, der langsam wieder zu sich kam und keuchend seine Lunge mit Atemluft füllte. Alex war erschöpft und schweißnass, er zog sich zurück und ging nach Hause, wo er lange darüber nachgrübelte, was geschehen war. Dann experimentierte er herum und bekam seine

Fähigkeit, die Luft zu beeinflussen, schnell in den Griff. Es war fast, als hätte er nie etwas anderes getan. Stolz lief er vor dem Abendessen zu seinen Eltern und führte seine neue Gabe vor. Seine Mutter erschrak zutiefst, doch sein Vater nickte nur. Dann führte er mit seinem Sohn ein langes Gespräch, in dem es um Hexen und Hexer ging, und um Fähigkeiten, die man nicht herum erzählen durfte. Alex hätte seinen Vater für verrückt erklärt oder seine Worte für einen Scherz gehalten, so unglaublich kam ihm das mit den Hexen vor, doch er hatte noch frisch im Gedächtnis, was er getan hatte. Und er konnte es jederzeit wieder tun. Also musste alles, was ihm sein Vater erzählte, wahr sein!

Mit den Lehrern in der Schule bekam Alex keinen Ärger, er hatte Klaus ja nicht angefasst und niemand konnte nachweisen, dass er mit dessen Zusammenbruch etwas zu tun hatte. Nur sein Verhältnis zu Klaus änderte sich. Klaus hatte an seinen Augen gesehen, dass Alex schuld an seinem ‚Erstickungsanfall‘ gewesen war, doch er konnte es nicht beweisen. Allerdings bekam er nun jedes Mal, wenn er Alex auch nur von Weitem sah, Panik und Angst verzerrte sein Gesicht. Er ging ihm so oft wie möglich aus dem Weg.

Alex fühlte sich in den nächsten Wochen wie ein neuer Superheld und es ärgerte ihn sehr, dass er seine Gabe niemandem zeigen konnte. Gern wäre er durch die Gegend gelaufen und hätte wie Supermann die Kleinen und Schwachen beschützt. Aber er war verständig genug, dem zu vertrauen, was sein Vater ihm gesagt hatte. Er wollte nicht als Wunder oder Anomalie der Natur in die Hände von Forschern und

Wissenschaftlern fallen, die ihn untersuchen würden, um herauszufinden, woher seine Fähigkeit kam. Bei einer anderen Frage verstand er seinen Vater allerdings nicht. Dieser hatte ihm erzählt, er besitze die gleiche Fähigkeit wie er und könne obendrein die beeinflusste Luft auf minus einhundert Grad Celsius abkühlen oder auf zweihundert Grad erhitzen. So bekäme er die Frühstückseier auch gar, wenn der Herd ausfiel. Alex konnte über seinen Witz nicht lachen und verstand nicht, warum sein Vater, wenn er diese Gabe besaß, sie nicht nutzte und stattdessen ein passives Leben im „Untergrund" gewählt hatte. Er sah ihn und sich selbst als etwas Besonderes an, als „auserwählt" und wollte nicht so wie sein Vater leben.

Letztendlich war Alex dermaßen vom Internat begeistert, dass er schon in der vorletzten Woche der großen Ferien hinfahren wollte. Zwischen den Schuljahren blieben viele Schüler im Internat, es gab jede Menge Freizeitaktivitäten und Sportkurse im Angebot und da darunter auch Fußball war, konnte es Alex kaum erwarten. In Celle bolzte er ab und an mit ein paar Kumpels auf dem Sportplatz, doch richtig trainieren konnte man das nicht nennen. So wenig, wie er seine Kumpels richtige Freunde nennen konnte. Durch seine Art, sich alle Dinge ganz genau anzusehen, sein Desinteresse an Fernsehen, Facebook, Rauchen und Parties oder Disko und natürlich durch seine Fähigkeit, auf die er immer aufpassen musste und die er nie zeigen durfte, fand er keine wirklichen Freunde. Auch die Mädchenwelt blieb ihm verschlossen. Das hoffte er, im Internat ändern zu können und er freute sich darauf.

Die Zeit verging wie im Fluge und waren es gerade noch acht Tage bis zur Abfahrt gewesen, war Alex nun schon da. Seine Eltern brachten ihn am Samstag ins Internat und lieferten ihn im Büro der Internatsleiterin ab. Frau Weinbrenner, die gleichzeitig auch Direktorin der Schule war, begrüßte sie herzlich. Sie war eine lebhafte, lächelnde Mitdreißigerin. Doch ihr Gehirnmuster verriet Alex, dass sie schon viel älter sein musste, als sie aussah. Er nahm sich vor, diesem Rätsel bald auf den Grund zu gehen.

Völlig einfach und unkompliziert stellte sie sich vor und erlaubte Alex, sie Sunny zu nennen. „Natürlich nur, wenn wir privat reden, nicht, wenn ich offiziell als Direktorin oder Leiterin vor dir stehe. Ich denke aber, du kannst das unterscheiden."

Sie schenkte ihm ein Lächeln und Alex lächelte zurück. Sie gefiel ihm!

„So, nun zeige ich dir das Schloss und wir überlegen uns, in welches Zimmer wir dich stecken, was? Deine Eltern haben ihre Aufgabe erfüllt und können zurückfahren oder in Waren noch einen Kaffee trinken gehen."

„Gute Idee", sagte sein Vater, der Sunny wohlwollend ansah.

„Alles gut, mein Junge?", fragte seine Mutter.

Alex nickte. „Na klar!"

„Na gut, dann werden wir uns verabschieden. Wenn irgend etwas sein sollte, wird dir Frau Weinbrenner ganz sicher erlauben, uns anzurufen." Sie warf Sunny einen Blick zu.

„Aber natürlich, das geht in Ordnung, machen Sie sich keine Sorgen. Alex ist bei uns bestens aufgehoben."

„Das denke ich auch. Also dann, mein Junge, halte die Ohren steif, höre auf deine Lehrer und pass auf dich auf."

Sunny führte Alex ein wenig herum, sie hatte Zeit und zeigte ihm das Gelände, die Sporthalle, den Sportplatz, die Mensa, in der es die Mahlzeiten gab. Dann gingen sie ins Schloss, das die Wohnräume der Schüler enthielt.

„Wir haben hier etwa vierzig Schülerinnen und Schüler, natürlich alles Hexer und Hexen. Zur Zeit sind knapp dreißig an der Zahl hier, der Rest weilt zu Hause und kommt kurz vor Schulbeginn zurück. Aber du wirst dich in der letzten Ferienwoche nicht langweilen. Wir haben viele Sportkurse, Kampftraining, Fähigkeitsentwicklung, Selbstverteidigung, eine Literatur- und eine Theatergruppe und und und."

Sunny redete wie aufgezogen und zeigte mal hier, mal dort. „Im linken Flügel befinden sich die Jungenräume, im rechten die für die Mädels. Gegenseitige Besuche nach zweiundzwanzig Uhr sind nicht erlaubt. In den Ferien kannst du schlafen, so lange du magst, in der Schulzeit wird ab sechs Uhr geweckt. Frühstück gibt es ab halb sieben. Unsere wertvollste Kraft

Simone, Köchin, Wäscherin und Frau für fast alles, stelle ich dir noch vor. Ihr Mann ist hier der Hausmeister. So, hier ist ein Fernsehraum, dort hinten noch einer, dann kommt die Bibliothek ..."

Alex konnte kaum noch zuhören, es war zu viel, was auf ihn einstürmte. Er bekam die Wahl, in ein leerstehendes Zimmer oder zu einem Schüler ins Zimmer zu ziehen. Er entschied sich für Letzteres und kam zu Leon.

Leon war in seinem Alter und würde wie er die zehnte Klasse besuchen. Er hatte hellblondes Haar und helle Haut mit wenig dunklen Sommersprossen, die auf seinem Gesicht wie Dreckspritzer wirkten. Seine Augen waren sehr hellblau und blickten Alex freundlich an. Als sich schnell herausstellte, dass er sich für Fußball begeisterte, teilte Alex gern mit ihm das Zimmer.

Die erste Nacht im Internat schlief Alex ausgezeichnet. Er erwachte, weil Leon sich im Bad lautstark die Zähne putzte und dabei schauderhaft einen Song intonierte. Alex schaute auf die Uhr, kurz vor halb neun, Zeit, aufzustehen. Es störte ihn nicht, von nun an einen Zimmergenossen zu haben, obwohl er als Einzelkind bisher sein eigenes Zimmer besessen hatte. Insgeheim hatte er sich immer einen Bruder gewünscht und noch insgeheimer hatte er sich immer eine kleine Schwester gewünscht, die er beschützen konnte. Beides hatte er von seinen Eltern nicht bekommen.

Als Leon aus dem Bad kam, stutzte er. „Oh, 'tschuldigung! Hab' ich dich aufgeweckt? Ich muss mich erst daran gewöhnen, nicht mehr allein zu wohnen."

„Kein Problem." Alex winkte ab. „Es ist eh Zeit, aufzustehen. Was war denn das im Bad? Es klang wie *Highway to hell*."

„Ja, ein Stück von AC-DC, ich stehe voll auf Hardrock. Kennst du die Band? Ist ja schon älter."

„Nur dem Namen nach. Hardrock ist nicht so mein Ding. Allgemein ist Musik nicht so mein Ding, aber egal. Dann werd' ich mal ..."

Zum Frühstück gingen sie gemeinsam. In der Mensa war es leer. Simone winkte ihnen zu, während sie den Kaffeebehälter kontrollierte. „Hallo Leon." Ihr Blick schwenkte zu Alex. „Alles klar, ihr zwei? Du bist neu hier? Ich bin die Simone, und du?" Sie musterte Alex neugierig.

„Alex. Ja, alles klar, wir haben nur Hunger."

„Dann seid ihr hier richtig."

Ein hochgewachsenes, blondes Mädchen saß an einem Tisch. Gleich darauf sah Alex sie am Buffet wieder, wo sie sich bediente. Aber nein, sie saß noch am Tisch! Am Buffet stand ihre Zweitausgabe. Es waren Zwillinge!

„Hallo", sagte Alex zu der am Buffet.

„Hallo Neuer, ich bin Susa. Und du?"

„Alex." Er zeigte zum Tisch. „Dich gibt's im Doppelpack?"

„Ja." Sie lachte.

„Wie heißt sie denn?"

„Susi."

„Dann sag ihr auch ein Hallo von mir."

„Werd' ich machen."

Später schaute er sich die Fernsehräume an und kam in die Bibliothek. Der Raum war groß und atmete geballtes Wissen aus. An allen Wänden standen Bücherregale, voll mit Büchern in allen Größen und Dicken. Die Regale reichten bis an die Decke. Es gab zwei Sitzecken im Saal mit Sesseln und Sofas. Eine in braunem Leder, eine in Schwarz.

‚Wow, fantastisch', dachte Alex und bemerkte erst jetzt, dass in einem der Sessel jemand saß. „Hallo."

„Hi! Neu hier?"

„Ja, ich bin Alex."

„Adrian."

Der Junge besaß schwarzes Haar, blaue Augen, leicht dunklere Haut und wirkte südländisch, italienisch. „Schaust dir alles an?", fragte er, ohne vom Buch hochzusehen.

„Ja und bis jetzt ist alles super." Alex kniff die Augen zusammen und musterte sein Gegenüber. Er hatte bis jetzt seine Gabe noch nicht oft benutzt, er wusste nur, dass alle Hexer und Hexen Gehirnmuster sehen konnten. Ihm fehlte die Erfahrung, aus den Farbmustern Informationen zu ziehen, aber er sah, dass Adrian Hexer war. Das war ja auch klar, wenn er hier ein Schüler war.

„Okay, leb dich ein", sagte Adrian und sah noch immer nicht auf. „Und in den nächsten Tagen zeige ich dir hier etwas, ein Buch, in das alle sehen, die neu sind. In Ordnung?"

„Klar." Alex zuckte die Schultern. Da er keine weitere Beachtung mehr bekam, schaute er sich noch kurz um und ging wieder. Er wollte zur Sporthalle.

Die nächsten Tage wurden aufregend, da alles für Alex neu war. Seine Zimmerhälfte war fast so groß wie sein Zimmer zuhause, er hatte ein Bett, einen Schrank, einen Nachttisch und ein Regal. Den Schreibtisch teilte er sich wie den kleinen Tisch mit zwei Stühlen mit Leon. Da Leon Poster von Löw, Klose, Schweinsteiger und Regionalspielern vom FC Energie Cottbus an der Wand hatte, er kam aus Cottbus in der Lausitz, fühlte sich Alex von Anfang an heimisch, umgeben von seinen Idolen. Dass es kein privates Internet gab, nur im Unterricht war der Zugang gestattet, störte ihn nicht. Er war in keinen sozialen Netzwerken und zu Hause besaß er keinen eigenen Computer. Er nutzte sporadisch das Gerät seiner Mutter für Suchanfragen oder um auf Fußballseiten zu surfen.

Er erkundete das Gelände, die Räumlichkeiten, sah sich den See an und informierte sich über Sportkurse und wann Fußball gespielt wurde. Leon schleppte ihn am zweiten Tag zum See und dann bis hinter die Sporthalle. Er zeigte ihm quaderförmige Steine am Seeufer, die fast wie Grabsteine aussahen, ignorierte Alex' Fragen, wozu er ihn hierher schleppte und was das für Steine waren und zog ihn hinter die Sporthalle zu der Begrenzungswand des Internatsgeländes.

„So, nun weißt du, wo das Internat endet. Sunny hat mich gebeten, dich aufzuklären."

„Aha", sagte Alex, mehrdeutig betont.

„Ja." Leon grinste. „Also, über die Bienen und die Blümchen sollte dich deine Mutter bereits aufgeklärt haben. So, das hier ist ja nach außen hin ein Eliteinternat für Kinder reicher Eltern und kostet 33000 Euro Schulgeld pro Jahr. Aber das ist nur Fake, um die Normaloschüler abzuhalten, sich hier zu bewerben. Denn hier sind natürlich nur Hexer und Hexen."

„Ja. Und?" Bis jetzt war noch nichts wirklich neu für Alex.

„Die Jäger jagen gern Hexen und töten sie. Schon mal davon gehört?"

„Vage. Du weißt ja, mein Vater hat mir wenig über uns erzählt. Er will normal leben, ohne Hexen, Magie, Jäger."

„Na, hoffen wir, dass er es auch weiterhin tun kann. Die Jäger sind gefährlich. Um sie abzuhalten und um zu verhindern, dass hier eingesetzte Magie nach außen dringt oder uns Jäger hier drinnen im Internat magisch beeinflussen können, existiert eine magische Schutzkuppel, die das gesamte Gelände umschließt. Erzeugt wird sie von den Runensteinen am See, den Zeichen hier auf der Mauer und da hinten auf dem Zaun. Verstehst du? Innerhalb der Steine und Zeichen sind wir sicher und geschützt."

Alex sah zum See und zur Mauer. „Ist ja krass. Und das funktioniert? Irre. Es ist gar nichts zu sehen."

„Ja. Die Kuppel ist unsichtbar. Jetzt komm, gehen wir zurück."

Während sie zurück gingen, fragte Alex: „Wie lange bist du schon hier?"

„Schon ein Jahr. Ein Jahr habe ich noch vor mir, dann will ich mich bei der WWWF bewerben und Jäger jagen."

„Aha. Das geht? Die suchen noch Leute?"

„Die WWWF sucht immer Leute, aber sie nehmen nur die Besten."

„Hast du schon mal einen Jäger gesehen?", fragte Alex.

„Nee, noch nicht. Okay, ich geh dann mal ins Büro, muss was klären."

„Okay, man sieht sich."

Alex schlenderte noch ein wenig umher und lief den Zwillingen über den Weg. Sie gingen zur Sporthalle und lachten ihm fröhlich zu. Er winkte zurück. Im Schloss kam er an der Bibliothek vorbei und warf einen Blick hinein.

„Ah, da bist du ja", begrüßte ihn Adrian, als wären sie verabredet gewesen.

„Hi Adrian. Du bist wohl immer hier? Was liest du?"

„Ich lese alles, was es hier zu lesen gibt, aber nicht der Reihe nach." Er sagte das so ernst, als meinte er es genau so. Er winkte Alex zu sich. „Du willst das Buch sehen, nicht?"

„Von welchem Buch redest du dauernd?", fragte Alex, der keinen blassen Schimmer hatte, wovon Adrian sprach.

„Noch nicht davon gehört? Okay." Adrian erhob

sich, zog den Strickpullover glatt und ging zu einem Regal. Dort zog er ein dickes, in abgegriffenes Leder gebundenes Buch heraus. „Hier!" Er hielt es hoch. „Berühmte Hexen und Hexer der Geschichte", las er den Titel vor.

„Und? Sollte ich es kennen?"

„Nicht unbedingt, aber jeder Schüler hier auf dem Internat schaut einmal hinein und versucht, seinen Namen unter den Berühmtheiten im Buch zu finden." Adrian lächelte. Ein Gesichtsausdruck, den er selten zeigte. „Bis jetzt hatte aber noch niemand Glück, soweit ich weiß."

„Okay, gib her. Ich versuche auch mein Glück. Aber ich glaube nicht, dass mein Name dort auftaucht." Alex überflog hinten das Register und nickte. „Wie ich es mir dachte. Aber danke für den Hinweis, einen Versuch war es wert."

Mike O'Connor, ein Zwölftklässler, der über zwei Meter maß und so dünn aussah, wie er lang war, leitete den Fußballkurs. Er besaß millimeterkurze blonde Stoppeln auf dem Kopf, hatte fast keine Augenbrauen und keinen Bartwuchs. An ihn war Alex verwiesen worden, als er nach dem Fußballtraining fragte. Mike musterte ihn, testete sein fußballerisches und sportliches Können und zeigte sich zufrieden mit ihm. Es gab zwei Mannschaften auf dem Internat, die im Training gegeneinander spielten. Aus Mangel an Spielern bestanden die Teams nur aus jeweils acht Leuten und Alex kam in die Mannschaft von Jens. Der sah ihn verächtlich an und schien wenig erfreut über die neue Konkurrenz zu sein. Für Turniere, die mit anderen Schulen, Internaten und Vereinen geplant waren, wurden die besten elf Spieler plus ein Ersatzspieler aus beiden Mannschaften ausgewählt und bildeten die Internatsmannschaft. Jens fürchtete anscheinend um seinen Platz in diesem Team und machte Alex das Fußball-Leben schwer. Er attackierte und foulte ihn, wo es nur ging. Mike achtete zwar auf Fairness, konnte seine Augen aber nicht überall haben.

Alex war der Neue und nahm es hin, auch wenn es ihn ärgerte. Aber vorerst war alles so neu und aufregend für ihn, dass es den Ärger überdeckte. Er hätte locker noch zwei Wochen an die Ferien anhängen können, ohne die Schule zu vermissen, doch der erste Schultag kam schnell. Er kam in eine der zwei zehnten Klassen. Einige seiner Mitschüler kannte er bereits, andere wie Leon gingen in die andere zehnte Klasse oder in eine der unteren Stufen.

Frau März leitete mit Physik das neue Schuljahr ein. „Wir haben ein neues Gesicht in der Klasse, wie ich sehe. Komm doch einmal nach vorn und stell dich vor, junger Mann", bat sie.

Alex warf ihr einen unwilligen Blick zu. Genau das mochte er nicht. Aber es passte zu ihr, ihn nach vorn zu zitieren. Die Frau war dunkelhaarig, klein, dick und geschminkt wie eine Farbpalette. Für eine Lehrerin fand er ihr Outfit unmöglich. Auch das mausgraue Kostüm und die weiße Bluse, die sie trug, wirkten auf ihn unpassend. Die Kleidung hätte eher zu einer Chefsekretärin gepasst. Er stellte sich in wenigen Sätzen vor und ging dann zurück zu seinem Platz. Der März schien es zu genügen, sie begann zu erzählen, was in diesem Schuljahr in Physik auf dem Plan stand.

In der Pause wurde er abfällig gemustert. Herr Brauner, bei dem sie in der zweiten Stunde Mathe gehabt hatten und der auf eine zweite Vorstellungsrunde von ihm bestand, hatte ihm die Namen seiner Mitschüler genannt, doch Alex konnte sich so schnell nicht alle Namen merken. Die abfälligen Blicke kamen von einem Jungen, der kinnlanges strohblondes Haar besaß, das er sich ständig aus den Augen schüttelte. Er gab sich wie ein Model und schien sich für etwas Besseres zu halten. Alex erwiderte die Blicke.

„Warum guckst du so böse? Du bist ...?", fragte er direkt.

„Ich bin Lukas und ich gucke nicht böse, sondern abschätzend."

„Ah ... Aber Lukas war doch der da?" Alex zeigte auf einen leicht übergewichtigen und kleineren Jungen mit Sommersprossen.

„Ich bin Lukas 1, die Nummer eins. Der da ist Nummer zwei."

„Verstehe", sagte Alex und dachte: ‚Was für ein Vogel!' „Und was schätzt du ab?"

„Dich! Ob du eine Konkurrenz bei den Mädchen wirst. Du solltest mir nicht in die Quere kommen, klar?"

„Alles klar. Ich werd' daran denken." Alex zeigte einen neutralen Gesichtsausdruck, der nicht erkennen ließ, dass er es ironisch meinte. Er hörte jemanden kichern, was die Aufmerksamkeit von Lukas 1 von ihm ablenkte. Alex hatte nicht vor, sich mit anderen Schülern anzulegen, doch, wenn man ihm so kam, würde er auch nicht zurückstecken und kuschen, selbst, wenn der andere größer und stärker war. Den Rest des Tages hatte er vor Lukas Ruhe und lernte einige andere Mitschüler ein wenig kennen.

In der Mittagspause saß Alex mit Leon, Basti, Laurent und Adrian an einem Tisch und ließ sich das Schnitzel mit Blumenkohl schmecken. Adrian hatte er nach der Bibliothek noch öfter getroffen und fand ihn etwas seltsam, aber sehr interessant. Dessen ruhige und überlegene Art, die jedoch nicht arrogant wirkte, gefiel ihm gut. Adrian sah ihn an. „Du wirst beobachtet", meinte er lakonisch und widmete sich wieder seinem Essen.

„Hä? Was?" Alex schaute sich unauffällig um.

Leon kicherte und stieß Laurent an, der auch grinste. „Ist mir auch schon aufgefallen. Da hinten, neben der Säule."

Laurent, ein breitschultriger sportlicher Typ mit großer Nase und eng zusammenliegenden Augen unter mittelblondem Haar, winkte ab. Mit Mädchen hatte er gerade wenig am Hut. Seine kurze Freundschaft mit einem Mädchen aus der Neunten war von ihr abrupt beendet worden und Laurent war wieder solo und sauer auf alles Weibliche.

Alex schielte zu dem Tisch, den Leon meinte. Dort saßen drei Mädchen. Die eine von ihnen, mit blonden Locken und einer Nase mit leichtem Höcker, blickte mehrmals zu ihm herüber, das war unverkennbar.

„Uh, tolles Haar, sie ist mir auch schon mehrmals aufgefallen", schwärmte Basti. Basti hieß Sebastian und kam aus Brandenburg, der Stadt Brandenburg. Er trug sein schwarzes Haar schulterlang, war groß und muskulös und hielt sich für einen Modeltypen. Er ging in die neunte Klasse, spielte mit Alex Fußball.

‚Na ja', dachte Alex, ‚da gibt es hübschere Girls hier.'

„Das ist Elke. Sie geht in meine Klasse", sagte Leon, der Alex' Blick bemerkt hatte. „Soll ich ihr was von dir ausrichten?"

„Nee, lass mal." Alex schüttelte den Kopf. Diese Elke gefiel ihm nicht so sehr, außerdem hatte er sich noch nicht alle Mädchen hier auf dem Internat genauer angeschaut und wollte sich vorher nicht an eins binden.

Allmählich lebte sich Alex im Internat ein und die Tage gingen mit Schule, Lernen, Sport, Magie rasant dahin. Im September musste Leon das Internat überraschend und von einem Tag auf den anderen verlassen. Bei seinem Vater war Krebs festgestellt worden und er musste zur Bestrahlung und zur Chemotherapie. Leons Mutter wollte, dass er das Geschäft seines Vaters, einen Computerladen, übernahm und wieder im Heimatort zur Schule ging. Schweren Herzens verabschiedete sich Alex von seinem neuen Freund. Noch am selben Tag fragte Adrian an, ob er nicht zu ihm ins Zimmer ziehen wollte und Alex sagte erfreut zu. Adrian war ihm sympathisch und anscheinend beruhte dies auf Gegenseitigkeit. Im November kam eine neue Schülerin zu ihnen, was insofern ungewöhnlich war, weil sie mitten im Schuljahr ins Internat kam. Alex sah sie für einen kurzen Moment in der Mensa, als sie mit Sunny zusammen frühstückte und dann erst wieder eine Woche später. Irgendwie berührte ihn ihr Anblick, er fand sie interessant. Eigentlich schon mehr als interessant, er fand sie ungewöhnlich hübsch. Nicht so wie ein Model, eher exotisch und auf eine ungewöhnliche Art hübsch ...

An einem sonntäglichen Trainingsspiel ging Alex wieder durch einen Fuß von Jens zu Boden. Immer hatte es dieser Kerl auf ihn abgesehen, die anderen Spieler foulte er höchst selten. Bei ihm, Alex, war es nun schon das zweite Mal in kurzem Abstand.

„Hey, du Blödmann! Langsam reicht es!", rief er laut und hielt sich das Schienbein. Es war nichts zu sehen, nur eine kleine Abschürfung, die nicht einmal blutete, sie schmerzte aber höllisch.

Jens, der weitergelaufen war, drehte um und kam zurück. „Was? Was ist los? Wie nennst du mich, du Hampelmann?" Drohend näherte er sich Alex und gab ihm mit beiden Händen einen Stoß gegen die Brust, der ihn auf seinen Hintern warf.

„Jetzt reicht's!" Alex rappelte sich wieder auf. „Was zu viel ist, ist zu viel!" Er sah rot und wollte sich auf den Idioten werfen, doch zwei lange Arme umschlangen ihn von hinten und hielten ihn fest.

„Genug jetzt!", rief Mike herrisch.

„Er foult!", maulte Alex und wand sich in Mikes

Griff.

„Blödsinn, ich spiele ganz normal! Das Weichei spinnt!" Jens blitzte Alex zornig an. „Der Typ hat mich beleidigt!"

„Und was machst du?" Alex entspannte sich und drehte sich halb zu Mike um.

Auf einmal standen sich auch Laurent und Pawel wie zwei Kampfhähne gegenüber und schrien sich an. „Du bist genau wie der da!", schrie Laurent und zeigte auf Jens.

Pawel grinste hämisch und entblößte gelbe Zähne. Er schrie zurück: „Na und? Das hier ist Sport und keine Tanzveranstaltung, wo du anscheinend hingehörst."

„Was?" Laurent starrte ihn böse an. „Das musst du sagen, hast von nichts 'ne Ahnung und quatschst nur Müll!"

„Schluss jetzt!", rief Mike wütend. „Was ist denn los mit euch? Habt ihr alle zu viel Testosteron, oder was? Ich lasse euch alle hundert Runden laufen, wenn jetzt nicht Ruhe ist! Und du", er blitzte Jens an, „du reißt dich gefälligst zusammen! Sonst sperre ich dich für die nächsten Spiele und nehme dich aus der Internatsmannschaft. Hast du das kapiert?"

Jens nickte knapp mit verkniffenem Gesicht.

„Ist schon gut, ist ja nix passiert. Spielen wir doch weiter", versuchte Alex zu vermitteln. Jens warf ihm einen vernichtenden Blick zu und lief zum Ball.

Nach dem Spiel versuchte Alex in der Umkleide mit Jens zu reden. „Was hast du eigentlich gegen mich? Ich will nur Fußball spielen und mich verbessern. Ich will dir deinen Platz im Team nicht wegnehmen, das musst du mir glauben."

Jens schnaubte nur. „Wer's glaubt. Du bist hier eben unerwünscht."

„Na danke. Ich freue mich auch, mit dir zusammen im Internat zu sein", sagte Alex sarkastisch.

„Ach lass mich einfach in Ruhe und rutsch' mir den Buckel runter! Okay?" Jens ging an ihm vorbei zum Ausgang, wobei er Alex mit der Schulter anrempelte.

Der zweite Sonntag im März war angenehm warm, aber die Sonne zeigte sich nur selten. Diesmal hatte Alex mit seiner Mannschaft das Fußballmatch gewonnen. Der Trubel mit Jens bestand zwar noch, war aber weniger geworden. Jens und er würden nie Freunde werden und zusammen Fußball zu spielen, war fast wie Krieg, aber wenigstens kamen sie sonst miteinander aus und prügelten sich nicht. Erschöpft, geduscht und froh lief er mit Laurent, Leon, Pawel und Basti zurück zum Schloss. Ein Mädchen, es war die Neue, lief langsam vor ihnen her und sie überholten es. Natürlich drehten sie sich alle nacheinander zu ihr um und schauten sie an, schließlich waren sie Jungs.

„Ah, Frischfleisch", kam ein Kommentar.

‚Pawel, der Blödmann', dachte Alex. Die Neue sah zum Anbeißen aus und hatte so einen Kommentar nicht verdient, fand er. Aber sie reagierte auch nicht auf Pawels Worte und ging einfach weiter. Dafür warf sie ihm, Alex, einen langen Blick unter halbgesenkten Wimpern zu. Alex wurde es warm. Wie immer, wenn er einen Blick auf sie erhaschen konnte. Sie sah umwerfend gut aus und war schlank, aber nicht dürr. Ihre Figur war genau richtig, nicht zu viel Hintern, nicht zu wenig. Und von vorn galt das Gleiche. Alex riss sich zusammen. ‚Sie hat dich angesehen, jetzt nutze die Chance, so schnell kommt bestimmt keine zweite!', rief er sich gedanklich zu.

„Hallo!", brachte er heraus.

„Hallo."

„Nicht alle halten dich für Frischfleisch", sagte er und versuchte ein Lächeln. Automatisch war er langsamer geworden und insgeheim hoffte er, dass die anderen weitergingen und ihn mit ihr alleine ließen.

„Alex, jetzt komm schon", rief Laurent in diesem Moment. War ja klar! Dann eben nicht. Rasch schloss er zur Gruppe auf. Man würde sich schon wieder über den Weg laufen, das Internat war ja nicht riesig.

Am nächsten Morgen fand sich Alex schon früher in der Mensa ein, als es für ihn normal war. Er hoffte, das Mädchen vom Vortag hier anzutreffen und tatsächlich, sein erster wieselflinker Blick erfasste ihre Figur. Sich innerlich freuend, doch keine Miene verziehend, sah er geradeaus und ging nach vorn zum Buffet. Er nahm sich ein Tablett und schaufelte sich Brot, Wurst, Käse, Schinken, Butter und Frischkäse auf einen Teller. Dann goss er sich eine große Tasse ein und tat so, als blicke er einmal in die Runde. Sein Blick begegnete dem des Mädchens und er nickte ihr grüßend zu.

Sie erwiderte den Gruß stumm.

‚Sie hat mir auch zugenickt!‘, jubelte er innerlich und steuerte einen Tisch in ihrer Nähe an. Und wie er gehofft hatte, winkte sie ihm, an ihren Tisch zu kommen.

„Darf ich?“, fragte er und musste sich räuspern.

„Na klar.“ Ihre Stimme klang sanft, weiblich, aber nicht zu hoch.

„Unsere erste Begegnung war ja sehr kurz“, begann er und setzte sich. „Also ich bin Alex. Und du bist die Neue. Wie heißt du?“

„Tanja.“ Sie nickte und trank einen Schluck Kaffee. Dabei konnte er sie einen Moment lang unbemerkt mustern. Ihr Haar war rotblond und ihr Gesicht zierten Unmengen von Sommersprossen. Das sah so süß aus, dass Alex fast in diesem Anblick versunken wäre. Gerade noch rechtzeitig konnte er den Blick abwenden, bevor es zu aufdringlich und zu peinlich wurde.

‚Tanja, ein schöner Name. Passt zu ihr. Jetzt sag was, sonst denkt sie, du bist maulfaul und langweilig, verdammt!‘ Krampfhaft überlegte er, wie er ein Gespräch in Gang bringen konnte. „Wie hast du dich eingelebt?“

Die Frage schien sie zu überraschen. „G... ganz gut. Ist alles noch etwas neu für mich, aber es geht schon. Die Schule ist in Ordnung.“

„Neunte?“

„Ja. Und du?“

Oh, sie stellt Fragen, das ist gut. „Zehnte. Du kamst gestern vom Bogenschießen, hinter der Sporthalle, richtig? Gefällt dir das?“

„Ja, es war ungewöhnlich, aber gut. Ich steh nicht so auf Sport, aber das mit dem Bogen ist anders. Ich kam zufällig gestern dort vorbei und habe es das erste Mal probiert, weil Barbara es mir vorschlug."

„Und? Es hat dir gefallen?" Bogenschießen, überlegte er. Ja, das könnte mir vielleicht auch gefallen, aber ich habe meinen Fußball.

„Ja. Es hat richtig Spaß gemacht. Und ich habe gleich zweimal in den gelben Kreis getroffen. Es erfordert eine ruhige Hand und ich scheine Talent fürs Bogenschießen zu haben. Es ist jedenfalls besser, als wie ein Doofer hin und her zu rennen, um einen Ball zu erwischen." Ihre Augen weiteten sich erschrocken.

„Ups!" Sie schlug sich die Hand vor den Mund. „Ich meinte damit nicht dich, 'tschuldigung", fügte sie schnell hinzu.

,Ist die süß!', dachte Alex und musste sich auf das konzentrieren, was sie sagte. Am liebsten hätte er sie nur angeschaut. „Ist okay, jeder soll das machen, was er mag oder gut kann."

Er trank einen Schluck Kaffee und spülte den letzten Bissen des Brotes herunter, während er eine weitere Brotscheibe belegte. „Ich habe von deinem ungewöhnlichen Gehirnmuster gehört und davon, dass du nicht gewusst haben sollst, dass du eine Hexe bist."

Er aß mit großem Appetit. Jetzt, wo er vom Gehirnmuster gesprochen hatte, traute er sich, sie das erste Mal direkt anzuschauen. Ihr Muster war hexisch, klar, aber es gab darin farbige Flecken, für die er keine Erklärung fand. Er hatte zu wenig Erfahrung in diesen Dingen. Alex konnte den Blick nicht von ihr lösen. Ihre Augen waren eine Mischung aus Grau, Blau und einer Spur Grün. Wenn sie sprach oder flüchtig lächelte, denn richtig gelächelt hatte sie in der kurzen Zeit noch nicht, zeigte sie ebenmäßige Zähne. Ihre Nase war fast gerade, nur die Spitze zeigte eine Spur nach oben, was total süß aussah. Die Augenbrauen waren sehr hell, als hätte sie sie blond gefärbt. Der interessanteste, schönste, ungewöhnlichste, süßeste Punkt an ihr waren natürlich die etwa zehn Millionen Sommersprossen in ihrem Gesicht. Alex hätte am liebsten jede einzeln angetippt und anschließend geküsst.

„Ja, meine Eltern haben mich, seit ich ein kleines Kind war, abgeschirmt und mir nie gesagt, was wir in Wirklichkeit sind." Sie erzählte ein paar Sätze von ihrem Leben und von dem Armband, das sie ständig hatte tragen müssen.

Alex hörte ihr interessiert zu. Sie hatte nie Magie in ihrem Leben kennengelernt, hatte keine Ahnung von ihrer Fähigkeit. Das fand er erstaunlich und konnte sich vorstellen, wie ungewöhnlich ihr alles vorkommen musste. „Und jetzt bist du hier im Hexeninternat gelandet. Du solltest gut aufpassen, dir alles merken und lernen, was du als Hexe brauchst. Lerne, dich zu schützen, dich zu verteidigen und Gefahren zu erkennen. Man weiß nie, wann man mal Hexenjägern begegnet. Ich meine, nicht hier, im abgeschirmten Internat, ich meine draußen. Wenn du Hilfe brauchst beim Erforschen deiner Fähigkeiten, ich helfe dir gern."

„Danke für die Hinweise. Was sind denn deine Fähigkeiten?"

‚Oh, sie will es aber wissen.' „Meine Fähigkeiten?" Er sah ihr wieder in die Augen und musste sich fast gewaltsam von dem Anblick losreißen. „Ich kann die Luft verdichten, sie zusammendrücken und dir das Atmen unmöglich machen oder dir eine verdichtete Luftkugel an den Kopf werfen." Alex lachte kurz auf. „Nicht gerade der Hit, was? Aber zum Kämpfen eignet sich diese Fähigkeit gut. Ich kann den Gegner aus der Ferne ersticken lassen. Ich denke, ich suche mir später, wenn ich das Abi in der Tasche habe, einen Kampf-trainer, der mir alles beibringt, was ich brauche. Und dann gehe ich auf die Jagd nach Hexenjägern."

Sie verzog eine Winzigkeit ihr Gesicht. Kämpfen war anscheinend nicht ihr Ding. Aber das verstand Alex, sie war ja ein Mädchen.

„Ich finde das sehr interessant. Du willst also das Leben für mich und andere Hexen sicherer machen? Wenn ich doch nur wüsste, was ich kann ..."

„Das wirst du hier schnell herausfinden. Und wie gesagt, wenn du Hilfe brauchst, ich bin da." Er lächelte sie an. ‚Oh ja, ich wäre gern immer für dich da. Ich muss unbedingt herausfinden, ob du einen Freund hast. Du darfst keinen Freund haben! Oh, bitte nicht!'

„Danke."

Nachdem sie sich unverbindlich getrennt hatten, war Alex Tanja in den nächsten Tagen nicht mehr über den Weg gelaufen. Er vermisste sie und er wunderte sich darüber. Hatte er sich in sie verknallt? Na ja, hinterherlaufen würde er ihr nicht. Allerdings gab es jemanden, der anscheinend ihm hinterherlief: Elke. Wo er auch auftauchte, sie erschien oftmals auch dort und schmachtete ihn mit Blicken an und versuchte, ihn anzuquatschen, auszufragen oder zu etwas einzuladen. Genervt wimmelte er sie immer ab und ging ihr aus dem Weg, doch sie fand oft genug eine Möglichkeit, wieder in seine Nähe zu gelangen. Am meisten störte es ihn, wenn er Fußball spielte und sie am Hallenrand oder am Rand des Sportplatzes saß und ihn nicht aus den Augen ließ.

Lukas 1, der sich zu fein war, Fußball zu spielen, sprach ihn einmal an. „Ich habe dich im Auge", sagte er. „Du baggerst die Neue an, turtelst mit Elke herum, du gehst ganz schön ran. Bei Elke gebe ich dir grünes Licht, aber was die Neue angeht, da bin ich mir noch nicht sicher, ob ich mich für sie interessieren sollte. Also halte dich zurück, bis ich freie

Bahn gebe, okay?"

„Ich denke, wir sollte sie entscheiden lassen, wen sie näher kennenlernen will, findest du nicht?"

„Du bist ganz schön naiv." Lukas lachte und wandte sich ab. Alex zuckte nur die Schultern. Der Kerl war eindeutig ein Spinner.

Erst lange Zeit später begegnete er Tanja wieder einmal. Es war auf dem Gang zum Klassenzimmer. Verwundert hob er die Brauen und sah sie an. Ihr Haar ..., es war jetzt rot, richtig rot! Hatte sie es gefärbt? Es sah toll aus und passte gut zu ihr. Leider war er spät dran, für ein Gespräch blieb keine Zeit und so formte er nur mit den Lippen ein: „schön."

Er sah noch, wie sie lächelte, dann war sie weg. Hatte sie Interesse an ihm? Wie konnte er das herausfinden? Er wollte niemanden fragen und sich blamieren und sie direkt zu fragen, nein, so mutig war er dann doch nicht. Im Falle eines Neins von ihr würde er doch vor Scham tot umfallen. Vielleicht ergab sich eine Chance, erneut mit ihr in ein Gespräch zu kommen. Allerdings hatte er eher den Eindruck, dass sie ihm aus dem Weg ging. Zumindest schien sie seine Nähe nicht zu suchen und wenn er versuchte, ihr näher zu kommen, indem er dahin ging, wo sie sein könnte, um sie in ein Gespräch zu verwickeln, war entweder Chris in ihrer Nähe oder es kam ihm Elke dazwischen. Ohne Mädchen war das Leben entschieden leichter und einfacher, fand Alex. Allerdings auch langweiliger, wie er an Adrian sah.

Wieder sah er Tanja tagelang kaum. Mal ein Blick auf sie auf dem Schulgang, mal eine flüchtige Begegnung in der Mensa. Die Tage vergingen im täglichen Einerlei. An einem Freitag, der ganz normal begann, gab es zum Mittag Möhreneintopf. Alex betrat die Mensa, holte sich sein Essen und sah Tanja. Doch bei ihr am Tisch saß Chris, ein Kerl aus ihrer Klasse, der oft um sie herumstrich und anscheinend scharf auf sie war. Dabei passten sie gar nicht zusammen, da er auch rothaarig und sommersprossig war, aber damit lächerlich aussah, fand Alex. Er mochte diesen Chris nicht, der Typ hatte etwas Schmieriges, Schleimiges an sich - und er spielte kein Fußball.

Alex setzte sich zu Pawel und Ben. Ben war Afrikaner und verschlang immer mit den Augen ein Mädchen, wenn sie in seiner Nähe war. Sie war zierlich und besaß langes, glattes, dunkles Haar. Sie hieß Tilla und war die Zimmernachbarin von Tanja, wie Alex herausgefunden hatte.

Am Nachmittag lag Alex auf seinem Bett und überlegte, was er tun könnte, als es an die Tür krachte und sie aufgerissen wurde. Eines der Zwillinge stürmte herein. Adrian war nicht da, wahrscheinlich hockte er wieder in der Bibliothek mit einem Buch in der Hand in einem Sessel und las.

Das Zwillingsmädchen, Susa oder Susi, er konnte die beiden nie auseinander halten, stürzte sich fast auf ihn. „Tanja! Sie ist in Not, wir müssen zu ihr. Trixi ist auch dort! Und Jäger! Sie greifen sie an!", stammelte sie wirr.

„Was?" Alex sprang auf. Tanja! Jäger griffen an? Wir kamen die denn auf das Gelände, wenn die Schutzkuppel alles überspannte? „Was ist? Welche Jäger? Wo denn?"

„Hinten, an der Sporthalle. Los, komm!"

Sie stürmte los und Alex folgte ihr verwirrt. Ein Angriff? Wo war der Wachschutz? Weit voraus sah er zwei Mitschüler laufen und noch weiter entfernt befanden sich Gestalten, die ein Mädchen hielten. War das Tanja? Nein, sie sah anders aus. Plötzlich warfen sich die beiden Jungen erschrocken hinter einen Busch. Was war passiert? Alex hatte nichts mitbekommen.

Thomas war jetzt auch da, er hatte die Jungen erreicht und stoppte bei ihnen. Er rief ihnen etwas zu und schaute sich um. Hinter ihm erschienen die Zwillinge.

Jetzt sah Alex, was los war. Er glaubte, seinen Augen nicht trauen zu können. Eine der Gestalten hatte tatsächlich einen Pfeil abbekommen! Die Gestalten - die Jäger? - blickten sich an. Es waren vier Männer Ende zwanzig, Anfang dreißig, die sportlich und kampferprobt aussahen. Sie trugen eng

45

anliegende, dunkle Overalls und hatten jeder einen Gürtel, in dem ein Messer steckte. Das konnte gefährlich werden! Alex kniff die Augen zusammen, ja, tatsächlich, es waren Jäger! Wo kamen die nur her? Einer von ihnen packte als Ersatz für den ausgefallenen Kameraden nun ebenfalls das Mädchen, das sich als Trixi entpuppte, während der vierte der Angreifer sich den Entgegenkommenden zuwandte und sich dabei umschaute, woher der Pfeil gekommen sein mochte, der seinen Kumpel erwischt hatte. Er ballte die Hand zur Faust und ließ eine Feuerkugel um seine Hand herum entstehen, die er Thomas entgegen schleuderte. Alex schaute erstaunt zu, das hier war Magie, wie er sie noch nicht oft zu sehen bekommen hatte!

Thomas versuchte auszuweichen, doch der Feuerball erwischte ihn an der Schulter und warf ihn rücklings auf den spärlichen Rasen.

„Nein!", schrie Tanja und machte somit Alex auf sich aufmerksam. Sie stand an einem Schuppen und hielt einen Bogen in der Hand. Jetzt schob sie den nächsten Pfeil auf die Sehne und schoss. Auch dieses Geschoss traf sein Ziel und der Jäger griff sich an die Brust, wo plötzlich der Pfeil herausragte. Dann sank der Fremde zu Boden. Alex riss den Mund auf, das war ja krass. Es kam ihm vor, wie im Krieg. Er sorgte sich um Thomas, der getroffen worden war und noch mehr sorgte er sich um Tanja. Wie eine Kampf-amazone stand sie dort, schoss die Gegner nieder, als hätte sie nie etwas anderes gemacht, das war ja echt unglaublich!

Die beiden Verbliebenen ließen jetzt Trixi fallen und drehten sich in Tanjas Richtung. Einer der Jäger hob die Hand und streckte die Finger gegen Tanja aus. Zu sehen war nichts, doch Tanja bekam von einer unsichtbaren Kraft einen mörderischen Schlag gegen den Oberkörper, der sie zurückwarf und gegen die Schuppenwand schleuderte. Alex ging langsam die Puste aus. Er konnte nur rennen und zusehen, er konnte nicht eingreifen. Er sah, wie Tanja gegen den Türrahmen prallte und am Holz herabsank. Jetzt war er es, der „Nein!" schrie. Tanja! Er musste sie beschützen, ihr helfen! Er wollte nicht, dass ihr etwas geschah!

Im Laufen hob er die Hand und setzte seine Fähigkeit ein. Er musste es versuchen und konnte nur hoffen, endlich nahe genug zu sein. Der Jäger richtete erneut die Hand gegen Tanja und schien wieder etwas Unsichtbares gegen sie zu schleudern, während der zweite Jäger, dem Alex die Luft abschnürte, den Mund weit aufriss und keine Luft mehr zu bekommen schien. Trotzdem hatte er noch die Kraft, einen Feuerball entstehen zu lassen, den er gegen Alex schleuderte. Er schien zu spüren, dass es Alex war, der ihm den Atem magisch abschnürte und wollte ihn ausschalten. Alex antwortete mit einer verdichteten Luftkugel, die verschwommen kaum zu sehen war. Doch sie lenkte den Feuerball aus der Bahn.

Tanja streckte die Handfläche aus und tat etwas. Was, das konnte Alex nicht erkennen. Dann flog eine Feuerkugel auf sie zu und Alex fuhr vor Schreck ein heißer Schmerz durch den Kopf. Doch das Mädchen wehrte den Feuerball mit ihrer Handfläche ab und schleuderte ihn auf den Jäger zurück. Dieser ging schreiend in Flammen auf, die schnell wieder verloschen.

Ein Jäger lag am Boden, da er durch Alex keine Luft mehr bekam. Trixi lag neben dem Jäger. Benommen vom Schlag gegen den Kopf bewegte sie sich nur sehr langsam. Sunny erreichte das Schlachtfeld und rief etwas. Ihr folgten Schülerinnen und Schüler aller Altersgruppen, um zu helfen oder neugierig zu schauen, was da los war. Auch zwei Wachleute erschienen und versuchten, die Lage zu erfassen.

Alle vier Jäger lagen jetzt reglos am Boden. Sunny erreichte Thomas und kniete sich neben ihn. Sie berührte ihn am Kopf, strich über seinen Oberkörper, dann über den verletzten Arm. Sie sagte etwas zu Thomas, der langsam und benommen antwortete.

Alex rannte zu Tanja und beugte sich zu ihr herab. „Tanja! Bist du verletzt? Sag mir, wo hat es dich erwischt?" Sein Blick irrte über ihren Körper, voller Leid und Schmerz, als litte er mit ihr. Heftig sog er die Luft ein und keuchte vom Laufen.

„Mich hat was getroffen, an der Brust", murmelte Tanja und verzog schmerzlich das Gesicht.

„Leg dich hin, Hilfe ist unterwegs!" Alex strich ihr die feuchten Locken aus der Stirn, streichelte ihre Wange und schaute sie nur an. Tanja! Sie war verletzt, aber nicht in Lebensgefahr. Gott sei dank! Mit kalten Fingern griff er nach ihrer Hand und hielt sie fest. „Du hast zwei der Mistkerle ausgeschaltet und zwei Angriffe abgewehrt, das war unglaublich! Wie hast du das gemacht? Du bist keine ausgebildete Kämpferin und hast doch super gekämpft! Du bist eine Heldin!"

„Quatsch, Ich bin keine Heldin!", brachte Tanja mühsam heraus. Sie schaute zu Sunny und Alex folgte ihrem Blick. Sunny zog ihr Handy aus der Hosentasche, nachdem ihr Susa etwas zugerufen hatte. Ralf und ein anderer Wachmann waren jetzt bei den Jägern und Susa ging mit Susi zu ihnen. Immer mehr Schüler umgaben Sunny und Thomas, eine andere Traube umgab die Jäger und um sich und Tanja sah Alex ebenfalls immer mehr Gesichter auftauchen. Die Anstrengung des Kampfes und die Sorge um Tanja forderten ihren Tribut und Alex fühlte sich, als würde er schweben und alles nur noch durch eine Watteschicht hören. Er war heilfroh, dass es vorbei war.

Am nächsten Morgen lief Alex lange den Gang im Schloss auf und ab. Er überlegte, an Tanjas Tür zu klopfen. Er musste sie sehen, mit ihr reden, aber er wollte sie nicht aufwecken. Plötzlich ging die Tür auf und sie trat auf den Gang.

„Hallo Tanja, wie geht es dir?", fragte er besorgt und nahm vorsichtig ihre Hand, bereit, bei ihrer Abwehr sie sofort loszulassen. Verwundert sah er sie an. „Wo ist dein Verband? Darfst du denn schon aufstehen?"

Tanja schien erfreut zu sein, ihn zu sehen. Sie sah ziemlich gut aus, wenn man bedachte, was am Tag vorher geschehen war und vor allem, wieso konnte sie schon wieder laufen?

„Hey", sagte sie und lächelte. „Den Verband brauche ich nicht mehr. Ich habe als Hexe die Fähigkeit, heilen zu können und ich habe mich selbst geheilt. Ich habe das noch nie vorher gemacht, na ja, jedenfalls nicht bewusst. Das ist alles noch total ungewohnt und neu für mich, aber es hat geklappt. Ist das nicht toll?"

Sie erklärte Alex ihre wundersame Genesung und wie sie zustande gekommen war.

Alex hörte ihr gebannt zu und konnte den Blick nicht von ihr abwenden. „Das ist ja echt toll! Das ist eine super Fähigkeit! Um die wird dich jeder beneiden."

Dann fragte sie ihn, ob er mit zur Mensa zum Frühstücken kommen wollte. Ihre Frage zauberte ein Lächeln auf sein Gesicht. Sie wollte mit ihm frühstücken? Alex fühlte sich auf Wolke sieben katapultiert.

„Ob ich mit in die Mensa komme? Aber klar doch. Ich habe einen Bärenhunger." Er zog sie mit sich. „Du hast dich selbst geheilt? Das ist super! Soweit ich weiß, sind Heiler sehr selten. Hier gibt es niemanden, der so etwas kann. Mensch, du bist echt was Besonderes. Du rettest alle vor den Jägern und als du dabei etwas abbekommst, heilst du dich mal eben selber!"

Tanja lachte. „Nun übertreib' mal nicht!"

Alex merkte selber, wie er plapperte. Aber lieber plappern, als keinen Ton herausbringen, sagte er sich. Es war Samstag und kein Unterricht. Die meisten Schüler schliefen noch und in der Mensa saßen kaum fünfzehn Jugendliche. Trotzdem ging ein Raunen durch den Saal, als er ihn mit Tanja betrat. Sie war schlagartig zur Berühmtheit geworden, über die jeder reden wollte oder der Meinung war, einen Kommentar abgeben zu müssen.

Blicke tasteten sie ab und Schüler, die sie nicht kannte, warfen ihr Fragen zu: „Ich denke, du bist verletzt?" – „Wie hast du die Jäger ausgeknipst?" –

„Hattest du keine Angst?" – „Woher hast du von dem Überfall gewusst?" – „Das war echt cool, ey, und dann noch von einem Mädchen!"

„Leute, Leute!", rief Alex, stellte sich vor Tanja und hob die Hände. „Tanja ist noch sehr schwach. Sie hat sich selbst geheilt, doch das hat sie viel Kraft gekostet, sie muss essen und trinken und sich erholen, also lasst sie in Ruhe, okay?"

Er wandte sich an Tanja und zeigte auf einen Zweiertisch in der Ecke, an den sie sich setzen sollte. „Was willst du haben?"

Tanja sah aus, als wäre sie am liebsten wieder umgedreht. Aber Alex drückte kurz ihren Arm und zog sie sanft auf den Stuhl.

„Ja, ich ..., ich nehme Brötchen, Kaffee. Bring mir Butter, Wurst und Käse mit, bitte", sagte sie nach kurzem Nachdenken.

Als Alex zurückkam, das Tablett vor ihr auf den Tisch stellte und sich seinen Teller herunternahm, hatte sich die Menge wieder etwas beruhigt.

„Danke", sagte Tanja. „Wie war denn gestern Abend die Versammlung?"

„Ach ja, du warst ja nicht dabei gewesen. Sunny hat eine Rede gehalten und dich über alles gelobt. Du hast uns alle vor schlimmem Unheil bewahrt. Sie hat die WWWF verständigt, die den Fall untersuchen wird und für unsere Sicherheit sorgen soll, bis geklärt ist, woher die Jäger kamen und ob sich noch mehr von ihnen in der Nähe aufhalten. Am Wochenende gibt es eine Ausgangssperre für alle Schüler und wer etwas Auffälliges oder Ungewöhnliches sieht, soll es sofort melden. Dann gab es eine Schweigeminute für den toten Wachmann."

Alex sah, wie Tanja zusammenzuckte und erstarrte. Ihr Gesicht verlor alle Farbe. ‚Trottel!‘, schimpfte er sich selbst aus. ‚Was fängst du jetzt von dem toten Wachmann an, wo alles noch so frisch für sie ist!‘

Er hätte sich ohrfeigen können! „Ja, das ist sehr traurig ...", sagte er langsam.

Sie fiel ihm ins Wort. „Ja, das ist es. Ich glaube, ich gehe jetzt besser."

‚Mist!‘ Alex folgte ihrem starren Blick und bemerkte Elke, die gerade die Mensa betreten hatte. Er begriff, dass Tanja nicht wegen seiner Worte gehen wollte, sondern wegen Elke. Unwillkürlich entfuhr ihm ein Seufzen. Warum musste diese Kuh gerade jetzt auftauchen ...

„Willst du etwa wegen Elke gehen? Was hast du mit ihr? Ist sie dir schon schräg gekommen? Sie macht mich zwar ständig an und denkt, warum auch immer, dass wir ein Paar werden würden oder eigentlich sogar schon sind, aber da ist sie schief gewickelt. Ich will nichts von ihr. Sie ist nicht mein Typ."

„Wirklich?", fragte Tanja und ihre Stimme klang irgendwie hoffnungsvoll. „Aber sie macht mir das Leben schwer. Sie hat uns schon einmal zusammen reden gesehen und mich, hm, na ja, sehr eindringlich ‚gebeten‘, die Finger von dir zu lassen. Ich bin echt nicht in der Stimmung, einen neuen Eifersuchtsanfall von ihr zu ertragen."

„Was hat sie gemacht?", fragte Alex. Das durfte doch nicht wahr sein!

Tanja zierte sich, versuchte, ihr Brötchen aufzuessen und das Frühstück zu beenden, doch dann fing sie einen Blick von Elke auf, der beinahe tödlich war. Jetzt fasste sie sich doch ein Herz und erzählte ihm alles.

Alex konnte kaum glauben, was er hörte. „Was? Was hat sie getan? Ich werde diese ...", rief er und wollte aufspringen. Er fand keine Worte für das, was diese irre Schlange getan hatte!

Tanja legte schnell eine Hand auf seinen Unterarm, um ihn aufzuhalten. „Nein! Lass doch, bitte. Ich will keinen Ärger. Sie wird sich schon wieder beruhigen."

Alex warf ihr einen wilden Blick zu. „Dass Elke so durchgeknallt ist, wusste ich nicht! Ich dachte bis jetzt, sie ist nur ein wenig anders als die anderen und in mich verknallt. Aber wenn sie so besitzergreifend ist, habe ich ja eine Stalkerin am Hals! Seine Gabe gegen andere Hexen einzusetzen, ist verwerflich, feige und falsch! Ich rede jetzt mit ihr und schaffe das Problem, das sie mit dir hat und das in Wirklichkeit keines ist, aus der Welt. Und ich mache ihr klar, dass aus ihr und mir nie etwas werden wird. Wir werden kein Paar sein, definitiv nicht! - Oh Mann, das ist verrückt!"

Er sah grimmig zu Elke, die vom Buffet kam und einen Tisch ansteuerte. Sie schaute ständig zu ihm herüber, wollte erst lächeln, doch ihr Mund wurde gleich wieder zu einem schmalen Strich, als sie seinen unfreundlichen Blick auffing.

‚Na warte, meine Liebe', dachte er wütend.

„Hab keine Sorge, sie wird dich nicht mehr belästigen." Seine Stimme grollte wie ein sich näherndes Sommergewitter. Er nahm Tanjas Hand, streifte sie sanft von seinem Arm ab und fuhr ihr über die roten Locken. Dann stand er auf und marschierte zu Elke, die sich mittlerweile mit ihren zwei Freundinnen, die ihr anscheinend wie Schatten auf Schritt und Tritt folgten, an einen Tisch gesetzt hatte und ihm düster entgegensah.

Als er den Tisch des Trios erreichte, quetschte er ein: „Wir müssen reden - draußen!", zwischen den Zähnen hervor und packte Elke am Arm. Mit Gewalt zog er sie hoch und zum Ausgang. Die erstaunten Blicke ihrer Freundinnen ignorierte er ebenso wie die Ausrufe Elkes, was denn los sei. Vor der Tür begegneten ihnen die Zwillinge. Sie wollten etwas sagen, doch als sie seinen Gesichtsausdruck sahen, taten sie es nicht.

„Was ist denn los, was willst du?", sagte Elke und riss ihren Arm los. „Wenn du mich ins Kino einladen willst, solltest du nicht so grob sein."

„Hä? Ich will dich zu gar nix einladen! Ich will, dass du kapierst, dass wir…" Alex zeigte übertrieben auf sie und auf sich, „dass wir kein Paar sind, kein Paar werden und ich dich nicht als Freundin haben will."

Elke wollte etwas sagen, doch er schnürte ihr das Wort ab. Sein Gesicht hatte sich jetzt gerötet. „Ich sage dir jetzt etwas, das du dir gut merken solltest! Lass deine Finger von Tanja, hör auf, sie zu bedrohen und lass sie in Ruhe. Deine Fähigkeit gegen sie einzusetzen ist echt das Letzte und einer Hexe unwürdig. Ich könnte das melden, aber ich tue es nicht. Geh uns aus den Augen und lass uns in Ruhe, ist das bei dir angekommen?"

„Du meldest mich nicht, weil du mich magst, das spüre ich doch. Aber wenn du es so willst, dann lasse ich Tanja in Ruhe, keine Angst. Du wirst schon merken, dass sie nicht zu dir passt. Dass nur eine zu dir passt."

Elke sagte das mit Überzeugung, sie musste felsenfest an ihre Worte glauben. Ihr Gesichtsausdruck bestätigte das. Sie schaute Alex verwundert und leicht verärgert an, aber es gab auch Zuneigung in diesem Blick.

Alex wurde es heiß. „Schnallst du es nicht, oder was? Ich will nicht mit dir befreundet sein und ich habe mit Tanja die Liebe meines Lebens gefunden! So, jetzt weißt du es."

Er drehte sich um und ließ Elke einfach stehen. Dass Tanja die Liebe seines Lebens war, hatte er zwar nur so gesagt, er konnte nach so kurzer Zeit und so wenig Gesprächen mit Tanja nicht von Liebe sprechen, doch er mochte sie sehr und hoffte, dass aus ihnen ein Paar werden würde.

Elkes Miene hatte sich verändert, als sie ihm jetzt hinterher schaute. Die Zuneigung war aus ihrem Blick verschwunden, jetzt verdunkelte Hass ihre Augen.

Am nächsten Tag sah er Tanja wieder und erfuhr, dass sie Thomas von der Wunde, die der Feuerball eines Jägers verursachte, geheilt hatte. Sie erzählte ihm auch von ihrem Telefonat mit ihren Eltern und dem Gespräch bei Sunny mit den Männern von der WWWF.

„Du willst zur WWWF und für sie arbeiten? Gegen die Jäger kämpfen?", fragte er erstaunt.

„Ja, ich glaube, ich kann helfen, die Jäger im Zaum zu halten. Ich hoffe, dass der Kampf gegen sie nicht immer tödlich für einen oder mehrere enden muss und dass es auch andere Wege gibt, diese Fehde zu führen. Langfristig will ich mithelfen, dass irgendwann einmal Jäger und Hexen friedlich miteinander oder wenigstens nebeneinander leben können." Jetzt schimmerten Tränen in ihren Augen.

„Hm, eine schwierige Aufgabe. Ob das möglich ist? Ich weiß es nicht", blieb er skeptisch und hätte gerne die Tränen von ihren Wangen gewischt, doch er traute sich nicht so recht. Die Stimmung des Augenblicks hemmte ihn.

Tanja verabschiedete sich bald und Alex hatte den Eindruck, dass sie sich verschloss und sich zurückhielt. Sie blieb auf Distanz und schien weniger an einer Beziehung mit ihm interessiert zu sein als er an ihr. Vielleicht war sie auch nur erschöpft und überrumpelt von all dem Neuen und brauchte Zeit, sich auf einen Jungen einzulassen. Das hoffte er zumindest. Also entschloss er sich schweren Herzens, ihr Zeit zu lassen.

Nach einer langweiligen Deutschstunde sprach ihn Lukas 1 an. „Ich glaube, die Neue steht auf dich, das solltest du nutzen. Wenn du noch einen Rat brauchst, wie du es am besten anfängst mit ihr, frag' mich, ich helfe gern. Aber was du mit Elke am Laufen hast, verstehe ich nicht. Willst du zwei Eisen im Feuer schmieden?"

So eine Metapher hatte ihm Alex gar nicht zugetraut, das Hilfsangebot kam für ihn auch überraschend. Vielleicht war der Typ doch nicht so übel, nur etwas mädchenfixiert. Aber sie hatten zu wenig Berührungspunkte und keine gemeinsamen Interessen. „Danke, für das Angebot, aber ich komme schon klar. Mit Elke läuft nix, sie will zwar was von mir, aber ich nicht von ihr."

„Alles klaro."

Bald darauf erreichte ihn die Nachricht, dass Tanja sich im Sportunterricht verletzt hatte. Er hatte am Nachmittag trainiert und duschte schnell, um zu ihr zu gehen. Energisch klopfte er an die Tür.

„Kann ich reinkommen?" Er wartete keine Antwort ab und kam ins Zimmer. Besorgnis lag auf seinen Zügen. „Ich habe Tilla und Ron getroffen und von deinem Sturz gehört. Wie geht es dir denn?"

Tanja rieb sich die Augen, fuhr sich über das Gesicht und durch die Locken. Sie öffnete den Mund, um zu antworten, doch Alex sah, dass sie geschlafen hatte.

„Oh, Mist! Entschuldige, ich wollte dich nicht aufwecken! Ich hatte keine Ahnung, dass du geschlafen hast. Wenn du Ruhe brauchst ..."

„Ach Quatsch! Ich wollte nur ein paar Minuten die Augen zumachen und bin eingeschlafen. Mir geht es gut, ich bin wieder okay. Komm rein." Sie grinste, weil Alex schon längst im Raum war. „Setz dich doch. Ich habe mich geheilt und das hat mich wohl etwas erschöpft. Wie spät ist es denn?"

„Ah, du bist wieder in Ordnung? Das ist ja super! Deine Fähigkeit ist echt die beste von uns allen." Alex schaute auf seine Uhr. „Es ist zehn nach fünf. Sag mal ..." Gerade war ihm eine Idee gekommen. Er war hier, bei Tanja im Zimmer und redete mit ihr. Und sie schien sich zu freuen, ihn zu sehen. Diese Chance musste er nutzen. Er bemerkte, wie sie ihn im Schein der kleinen Lampe betrachtete und war froh, nicht im Trainingsanzug gekommen zu sein, sondern ein kariertes Hemd und Jeans angezogen zu haben.

„Wenn du wieder fit bist, können wir den Sonntagabend ja zusammen ausklingen lassen, was meinst du? In knapp zwei Stunden lade ich dich zum Abendessen ein und vorher könnte ich dir die Bibliothek zeigen. Ich meine, wo welche Bücher stehen und so."

„Oh, wie einladend." Sie grinste ihn an, sagte

nicht nein. Sie zog sich die rechte Socke an, stand auf und lief prüfend ein paar Schritte durch den Raum. „Kein Stechen mehr, keine Schwellung, alles okay. Das ist eine super Idee. Ich habe von Sunny eine Liste mit Büchern bekommen, die ich lesen soll. Die könnten wir zusammen suchen." Sie zog aus ihrer Tasche einen Zettel, den sie ihm gab.

Alex entfaltete das Blatt und begann leise einige Titel vorzulesen: „*Hexen im Mittelalter, Die moderne Hexe, Hexenverfolgung zu Zeiten der Inquisition, Berühmte Hexer, Hexenkunde, Hexen und Magie*", er sah auf, „interessante Lektüre. Klar helfe ich dir."

„Meinst du, es ist eine gute Idee, zusammen Essen zu gehen? Was ist mit Elke?"

Alex zuckte die Schultern und winkte mit einer Hand ab. „Ich habe mit ihr gesprochen", sagte er leichthin. „Sie sollte begriffen haben, dass sie dich in Ruhe lassen soll und dass wir kein Paar sind und nie eins werden." Seine Stimme nahm einen harten Ton an. „Und wenn sie sich noch ein kleines Ding erlaubt, werde ich mit ihr nicht nur reden, sondern ihr zeigen, wozu ich fähig bin."

„Na dann! Dein Wort in Gottes Ohr. Glauben wir mal, dass du recht hast. Gib mir eine Minute, dann können wir gehen."

Tanja griff sich einen frischen Pulli und verschwand im Bad. Alex fühlte ein Prickeln zwischen den Schulterblättern. Das lief ja wie geschmiert. Waren sie nun befreundet, oder was? Tanja sprach mit ihm, als seien sie schon lange zusammen, das war verwirrend, aber schön. In der Bibliothek ging Alex gleich die Regale ab und musterte die Einbände. Die

Liste mit den Büchern hatte er in der Hand behalten und warf jetzt einen Blick darauf, um einen Buchtitel im Regal mit der Liste zu vergleichen.

„Hier! *Hexenverfolgung im Mittelalter*", sagte er und streckte die andere Hand aus, um nach dem Buch zu greifen. Tanja stand dicht neben ihm. Sie hatte ebenfalls den Titel erkannt und die Hand ausgestreckt. Ihrer beider Hände näherten sich und ihre Finger berührten sich. Bevor Tanja ihre Hand wieder zurückziehen konnte, griff Alex zu und nahm sie in seine.

„D... das Buch", stammelte Tanja.

„Deine Hand", sagte Alex und lächelte. Zumindest hoffte er, dass die Muskeln in seinem Gesicht ein Lächeln formten, denn er wusste gerade nicht, was er wirklich tat. Er hielt ihre Hand! „Sie ist so warm und weich, ich kann sie nicht mehr loslassen." Er betrachtete ihre Finger in seiner Hand und hielt sie weiter fest. „Das Buch rennt uns nicht weg."

„Äh, du kannst sie nicht mehr loslassen? Was machen wir denn da?" Tanja lächelte leicht, schaute ihn an und musterte seine Züge.

„Du musst deine Hand auslösen", murmelte Alex und starrte seinerseits Tanja an. Im Schein der weißen Energiesparlampen sah ihre Gesichtshaut hell aus und die Sommersprossen wirkten wie dunkle Punkte darauf, die ein Kind hätte gemalt haben können. Ihre Augen waren jetzt mehr grün als blau und unendlich tief. „Mit einem Kuss deiner wundervollen Lippen."

Innerlich erschrak er plötzlich über seine Worte und fragte sich, ob er zu weit gegangen war. Wenn ja, wäre das eine Katastrophe, die er sich nie würde verzeihen können. Aber Tanja lächelte weiter und löste den Blick nicht von ihm.

„Ich habe wundervolle Lippen?"

Alex gab sich einen Ruck. „Alles an dir ist wundervoll, du bist wundervoll! Also, was ist?" Er streichelte ihren Handrücken mit seinem Daumen und beugte sich langsam immer näher zu Tanja. Sein Herz pochte so laut, dass er sich wunderte, dass sie es nicht hörte.

Wie von einem Magneten angezogen, bewegte sich Tanja ebenfalls auf ihn zu. Sie streckte sich etwas noch oben. Seine Lippen berührten ihre ganz zaghaft und leicht, wie der Flügelschlag eines Schmetterlings.

Tanja atmete tief ein und wich ein paar Zentimeter zurück. Ihr Blick bohrte sich in seine Augen, dann schloss sie die Lider und presste die Lippen auf seine. Alex schloss auch die Augen, ihm wurde schwindlig. Er zog ihren Körper noch enger an sich und krallte sich mit der rechten Hand in ihre festen roten Locken. War er schon im Paradies? Was konnte es Schöneres geben?

Konnte er noch einen kleinen Schritt weiter gehen? Vorsichtig öffnete er die Lippen und schob seine Zunge vor. Er spürte, wie Tanja die Arme um seinen Nacken schlang und seinen Zungenkuss erwiderte. Ein Kribbeln raste durch seinen Körper und die Knie wollten ihm weich werden. Sie fühlte sich so gut an!

Alex hatte glückselig die Luft angehalten und löste sich zögernd von Tanja, um Atem zu schöpfen. „Ich will mit dir zusammen sein. Wann immer es geht und ganz offiziell", sagte er schnell, als wäre er in Eile oder als könnte es sich Tanja anders überlegen, wenn er ihr zu viel Zeit ließ. „Was ist mit dir? Willst du?"

Sein Herz setzte mit Schlagen aus, während er bange auf die Antwort wartete.

„Ja, ich will!" Tanja strahlte ihn an.

„Wow, super! Merk dir gut den Spruch! Du wirst ihn mal später im Zusammenhang mit mir brauchen." Er lächelte. Ja, wenn es so weiterging, würden sie wirklich heiraten und sie ihr ja ich will zum Standesbeamten sagen. Aber bis dahin hatten sie noch sooo viel Zeit.

„Ach, wirklich?" Sie erwiderte das Lächeln, versunken in seinen Augen. Dann schaute sie auf das Buch im Regal und ihre Miene veränderte sich. Ihre Augen begannen, feucht zu schimmern und eine Träne löste sich vom linken Auge. Sie rann wie ein Käfer mit flinken Füßen die Wange herab.

Alex erschrak. Er fühlte einen Stich im Herzen und wich einen halben Schritt zurück. War sie zur Besinnung gekommen? Hatte sie es sich anders überlegt? Oder hatte er sie zu sehr bedrängt? „Was ist denn los? Magst du doch nicht?"

„Ach Quatsch! Ich muss nur gerade, wenn ich das Buch sehe, an den toten Wachmann denken. Er wird nie wieder eine Frau küssen oder lachen, nie wieder essen, ein Buch lesen. Das ist grausam und so sinnlos. Diese verdammten Jäger."

„Ich weiß", flüsterte Alex und Trauer überschüttete ihn wie ein Eimer eiskaltes Wasser. „Komm her!" Er schlang erneut seine Arme um sie und drückte sie an sich.

In diesem Augenblick öffnete sich die Tür und eine schlanke Blondine betrat die Bibliothek. Sie blinzelte eine halbe Sekunde ins Licht, erstaunt, dass es bereits brannte. Dann bemerkte sie das eng umschlungene Paar. „Oh, Tanja. Hallo." Mit Verspätung schien sie die Situation zu registrieren und machte noch einmal „Oh!"

„Hallo Susa! Das habe ich gehört!", sagte Tanja streng, dann musste sie lachen. Schnell wischte sie sich über die Augen.

„Hallo Susi oder Susa", sagte Alex, der wie immer die Zwillinge nicht auseinanderhalten konnte. Dann sah er verwirrt Tanja an. Wovon sprach sie? „Was hast du gehört?"

„Ach nichts, Susa weiß schon, was ich meine. Ich erkläre es dir bei Gelegenheit."

‚Na toll, jetzt schon Geheimnisse?', dachte er. „Woher weißt du …?", fragte Alex, dann sah er Susa an. „Bist du Susa?"

„Ja. Tanja erkennt uns. Immer. Ich glaube, ich störe euch nicht länger, ich kann später wiederkommen. Das Buch, das ich mir holen wollte, läuft mir nicht weg. Also, ihr beiden, macht weiter mit dem, was ihr eben unterbrochen habt." Sie lachte hell auf und tänzelte aus dem Raum.

„Wieso weißt du immer, wer von den beiden wer ist?" Jetzt war er völlig verwirrt und runzelte die Stirn.

„Ich weiß es eben." Tanja fuhr sich erneut über die Augen und schmiegte sich eng an ihn, was ihn mit ihrer ausweichenden Antwort versöhnte. Er fühlte ihren Kopf an seiner Brust und wünschte, er könnte dort für immer bleiben.

Zärtlich strich er ihr übers Haar. „Er hieß Stefan", sagte er unvermittelt und die Trauer war zurück.

„Wer?", fragte Tanja.

„Der Wachmann, der bei dem Überfall umgekommen ist. Er hatte eine Frau und eine kleine Tochter. Er hat hier jeweils sechs Tage am Stück gearbeitet und dann hatte er frei und ist zu seiner Familie gefahren. Sie haben bei Stralsund ein Haus." Er hörte wieder Bastis Stimme, von dem er die Informationen hatte.

„Die arme Frau", murmelte Tanja. „Und die Kleine erst. Sie wird ihren Papa vermissen und muss ohne ihn aufwachsen. Was soll die Mutter ihr erzählen? Papa ist weggegangen? Er ist jetzt im Himmel? Das ist doch schrecklich!"

„Ja, das ist es. Finanziell werden sie keine Sorgen haben, die WWWF zahlt eine dicke Witwenrente, aber der menschliche Verlust! Vielleicht hasst die Kleine ihren Vater, weil sie denkt, er ist weggegangen. Und die Mutter bekommt auch noch ihren Hass oder Zorn ab und ihre Traurigkeit."

Er strich sich über das Haar, streichelte dann wieder Tanjas Locken. „Was für ein Leid für die Frau und das Kind. Und keiner kann ihnen helfen. - Die Beerdigung ist am Freitag. Sunny wir da sein, aber von uns darf keiner hin."

Er schwieg einen Moment lang und streichelte weiter ihr Haar, überlegte, ob er noch mehr sagen sollte und entschied sich dagegen. Dann holte er tief Luft und die Trauer schlug in kämpferische Entschlossenheit um. „Das Leben geht weiter! Ich werde seinen Tod nicht vergessen und ich will versuchen, zu verhindern, dass sich so etwas wiederholt. Das werde ich zwar nicht schaffen, aber wenn ich so viele Jäger wie möglich ausschalte, hilft das schon eine Menge."

Tanja sagte nichts dazu. Sie rieb ihren Kopf an seiner Brust und schwieg eine Minute lang. „Lass uns die Bücher heraussuchen", sagte sie schließlich.

Nachdem sie einige der Bücher auf der Liste gefunden hatten, fiel ihr Blick auf ein Buch, das abgegriffen und zerlesen aussah. Sie zog es aus dem Regal. „Was ist denn das?"

Er trat neben sie, erkannte das Buch und lachte kurz auf. „Ach das. *Berühmte Hexen und Hexer der Geschichte.* Jeder Schüler hier auf dem Internat erfährt früher oder später von dem Buch. Entweder, weil er es zufällig im Regal sieht, oder weil andere ihm davon erzählen. Und jeder nimmt es in die Hand und schaut nach, ob sein Name im Buch erwähnt wird. Alle hoffen, darin einen berühmten Vorfahren zu finden." Er lachte erneut und dachte an Adrian, dem er sein Wissen verdankte. „Aber bis jetzt hatte niemand Glück, soweit ich weiß."

„Aha", sagte Tanja nur und stellte das Buch zurück. Alex hatte einen Augenblick lang gehofft, dass sie es aufschlug und dann sagte: *Oh, sieh doch nur, da steht mein Nachname drin.* Doch das geschah nicht.

Am Montag gab es eine überraschende Versammlung in der Schule, alle Schüler sollten sich in der Aula einfinden. Sunny sprach über den Überfall, über den getöteten Wachmann und dass ein Ausgangsverbot für alle Schüler gelte. Alex stand bei seiner Klasse und Tanja bei ihrer, aber er sah sie die ganze Zeit an und spürte ihre Traurigkeit. Sunny sprach mit bewegenden Worten und Alex konnte nicht verstehen, wie Lukas 1 davon so unberührt blieb und wie er ein gelangweiltes Gesicht ziehen konnte.

Als sie wieder hinausgingen, legte er ihr einen Moment lang den Arm um die Schulter und drückte sie an sich. Tanja schmiegte sich an seine Brust und das gab ihm ein tiefes Glücksgefühl. Sie zeigte in der Öffentlich-keit, dass sie ihn mochte. Wow! Viel zu schnell war der Augenblick vorbei und jeder von ihnen ging wieder in seinen Klassenraum.

Die ersten zwei Wochen nach dem Überfall der Jäger auf das Internat schlief Alex schlecht und wurde einige Nächte lang von Albträumen geplagt. Er wusste, dass die Tatsache, dass er einen der Jäger mit seiner Fähigkeit getötet hatte, tief in seinem Innern an ihm nagte, doch er wollte mit niemandem darüber reden. Tanja hatte das gleiche Dilemma, sie hatte einen Jäger mit dem Bogen erschossen, doch sie sprach auch nicht mit anderen oder mit ihm darüber. Sie vertraute sich einem Psychologen an, den Sunny hatte kommen lassen. Auch ihm, Alex, hatte Sunny angeboten, mit dem Arzt zu reden, doch er war ein Mann, er brauchte das nicht - redete er sich ein. Er redete sich auch ein, dass die Tat ihn härter und männlicher, erwachsener gemacht hatte. Er spürte, wie er sich veränderte, hielt das aber für eine positive Veränderung. Mit dieser Einstellung versuchte er, das Vergangene zu vergessen. Zu erfahren, dass der Jäger auch an einem Schock gestorben sein konnte und nicht direkt durch den Luftentzug, den Alex bewirkte, besserte seinen Gemütszustand etwas. Er bedauerte nur, dass sich Tanja nicht völlig für ihn öffnete und sich von ihm trösten ließ. Auch Trixi hatte Schwierigkeiten, ihre Beinahe-Entführung zu verarbeiten, aber Alex kam nicht an sie heran. Sie blockte ihn ab und sagte einmal, sie wären nicht so sehr befreundet, um darüber sprechen zu können.

Nach einem Trainingsspiel, das ihn mehr ausgepowert hatte als die Spiele zuvor, weil Jens ihn kreuz und quer über den Platz jagte, ließ Mike sie duschen, rief sie aber dann zu einer kurzen Ansage zusammen.

„Ihr habt heute gut gespielt, Leute. Allerdings wünsche ich mir etwas mehr Teamgeist unter euch, ihr spielt mir zu sehr wie Einzelkämpfer. Das ist für die Mannschaft nicht gut. So, hört zu, ich habe Kontakt zum VCH Hotel in Greifswald, das ein Ausbildungsinternat betreibt. Dort gibt es unter den Hotelfachauszubildenden ein Fußballteam, gegen das wir in absehbarer Zeit antreten werden. Der genaue Zeitpunkt steht noch nicht fest, aber wir sollten uns schon darauf vorbereiten und das Training intensivieren."

„Cool, mal ein Spiel gegen richtige Gegner", sagte einer.

„Gegner?", fragte Pawel. „Die Hotelfuzzis sind doch kein Gegner für uns, die machen wir platt!"

„Steht die Internatsmannschaft wie bisher oder willst du an der Aufstellung etwas ändern?", fragte Jens.

„Die meisten Spieler stehen fest, aber ich überlege mir noch, den einen oder anderen auszutauschen. Das wird das Training der nächsten Zeit zeigen", entgegnete Mike.

„Verdammt, hab' ich es mir doch gedacht!", fluchte Jens. Auch einige der anderen Spieler schaute nicht eben glücklich zu Mike.

„Mann, hast du wieder mich im Sinn? Bilde dir ja nicht ein, mich noch mehr foulen zu können!" Alex fühlte, wie Wut in ihm hochkochte und seine Wangen glühten.

„Ich werde zeigen, dass ich der bessere von uns bin", rief Jens trotzig.

„Ach leck mich doch!" Alex stieß zornig die rechte Faust in die linke Handfläche, packte seine Sachen und lief einfach hinaus.

„Alex!", rief ihm Mike hinterher, doch Alex reagierte nicht.

Als er den halben Weg zum Schloss gegangen war, sah er eine Gestalt auf der Wiese neben dem Pfad stehen. Ein Busch verdeckte sie halb, doch er hatte sie gesehen und erkannt. Jetzt winkte sie ihm.

Alex seufzte laut. Elke! Sie hatte ihm noch gefehlt! Warum konnte sie ihn nicht einfach in Ruhe lassen? Er hatte schon genug Probleme, auch ohne sie. Er verstand nicht, warum er eben so ausgerastet war und wollte darüber nachdenken, doch daraus wurde ja nun nichts. Er ging zu ihr hin.

„Hallo Alex! Du siehst geschafft aus", begann sie. „War das Training anstrengend?"

„Ja, war es. Was willst du?"

„Mit dir reden. Wir haben uns ja nicht gerade in Harmonie getrennt, das finde ich nicht gut. Lass uns doch mal etwas zusammen machen oder einfach nur mal reden, damit wir uns besser kennenlernen können. Was hältst du davon? Willst du?"

„Ich glaube nicht, dass das was bringt. Ich überlege es mir, aber jetzt bin ich wirklich fix und fertig, ich will in mein Zimmer und entspannen, okay?"

Er hob die Hand zu einem halben Winken und ging weiter. Es hatte ihn Kraft gekostet, mit Elke zu reden. Etwas in ihm hätte sie lieber angeschrien, aber das hatte er nicht zugelassen. Ein Ausraster am Tag reichte.

In der ersten Märzwoche gab es noch keinen Termin für das Fußballmatch mit dem Hotelinternat. Ein weiteres Training war zu Ende und Alex winkte Tanja, die auf ihn wartete, kurz zu, als er vom Platz ins Gebäude lief. Er zog sich schnell in der Umkleide um und eilte hinaus. Tanja sah in Jeans und Pulli umwerfend aus, fand er, aber sie sah mit Sicherheit in allen Klamotten umwerfend aus, egal, was sie anzog.

„Deine Süße wartet schon", rief Laurent und Alex lachte. Laurent verschwand wieder und ging duschen.

Alex eilte zu Tanja. „Hey, schön, dass du da bist! Lass uns gehen."

„Du hast unmöglich so schnell geduscht", sagte sie verwundert und lachte. Wie selbstverständlich hakte sie sich bei ihm ein.

Alex spürte seine Seite kribbeln, da, wo ihre Hand war. „Nee, ich wollte dich doch nicht warten lassen. Ich dusche bei mir, du kommst doch mit?"

Er wusste nicht genau, ob sie mitkommen

wollte, doch gleich darauf zuckte er zusammen. Verdammt, was redete er da? Doppeldeutiger ging es ja nicht! „Oh, äh, ich meine mit zu mir, nicht mit unter die Dusche."

Sie blieb stehen, zog ihn an sich und küsste ihn. „So hab' ich das auch verstanden, mein Lieber. Bis wir zusammen unter die Dusche gehen, wird noch öfter die Sonne auf- und untergehen."

Wow, war das ein Girl! Und was hatte sie gesagt? Oh ...

„Aber wir werden es tun? Juhuu!", jubelte Alex. Er wusste, sie machten nur Spaß, aber immerhin. „Ich seife dir den Rücken ein und rubbel dich trocken."

Tanja lachte glücklich und zog ihn weiter. Sie sah glücklich aus.

Alex brachte sie zu seinem Zimmer und warf erst einen Blick hinein. „Warte einen Moment, bitte." Dann ging er hinein.

„Hey, Adrian, Tanja ist hier. Könntest du ...?"

„Oh, na klar, Kumpel, ich verschwinde."

„Danke. Und könntest du uns später was zu Essen bringen?"

„Okay, ist gebongt!" Er ging hinaus und sah kurz Tanja an. „Hi und bye."

Adrian verschwand, bevor Tanja antworten konnte und Alex zog sie in den Raum. ‚Ach, verdammt!', dachte er, als er eine Unterhose auf dem Stuhl liegen sah. Schnell steckte er sie in den Schrank.

‚Mist!' Mit dem Fuß schob er ein Paar Magazine unters Bett. ‚Oh, oh.'

„Das sind keine Pornos", sagte er schnell.

Tanja zuckte die Schultern. Es schien sie wenig zu interessieren. „Du wohnst mit Adrian zusammen? Das wusste ich gar nicht."

„Ja, er ist ein super Zimmergenosse, ruhig, taktvoll, ohne Macken. Das da ist sein Bett, dort ist meins. Setz dich doch. Da steht eine Cola für dich, ich geh schnell duschen."

„Ist gut, mach nur."

Sie schaute sich um und er verschwand im Bad und duschte. Hastig seifte er sich ein und spülte ab. Dann entschied er sich für eine knielange Boxershorts und ein T-Shirt, auf dem I Love The World stand. Das dunkle Haar stand noch wirr und feucht von seinem Kopf ab, er hatte es nur mit dem Handtuch etwas trocken gerieben, aber nicht gekämmt. Keine Zeit, Tanja wartete!

„Wie war denn dein Kurs? Fitness?"

„Er war ganz gut, aber ich bin k. o." Tanja lachte. „Was heißt eigentlich k. o.?"

‚Gute Frage, aber zum Glück weiß ich die Antwort.' Alex grinste in Gedanken. „Knock out, also eingedeutscht ausgeknockt, erschöpft eben."

„Du bist aber schlau", schwärmte Tanja übertrieben.

„Ich weiß", flüsterte er, nahm Tanja die Dose aus der Hand und stellte sie ab. Dann setzte er sich neben sie aufs Bett und hoffte, dass sein rasendes Herz nicht aussetzte. ‚Wage es einfach, trau dich! Sie ist mitgekommen, sie ist hier, also sagt sie auch nicht nein, kapiert?'

Er umarmte und küsste sie und drückte sie mit dem Oberkörper aufs Bett.

Tanja ließ sich zurücksinken und befreite ihren Mund, um: „Und stürmisch bist du auch", zu sagen, dann küsste sie seine weichen Lippen weiter.

„Das nennt man Temperament", nuschelte er und presste sich an sie. Gott, war ihr Körper weich und fantastisch!

„Hey, hey! Aber okay, solange du mir nicht unter die Wäsche gehst, ist es okay", gab sie ihm einen Wink mit dem Zaunpfahl.

Alex ließ sich neben sie aufs Bett fallen und schaute zur Decke hoch. Fast war er froh, dass sie eine Grenze setzte, es ging jetzt wahnsinnig schnell und er wollte doch gar nicht bis zum Äußersten gehen. „Keine Sorge, ich gehe nicht zu weit. Ich bin glücklich, mit dir zusammensein zu dürfen und ich kann warten, bis du soweit bist. Kein Problem."

Tanja rückte mit ihrem Kopf, bis sie seinen berührte und schaute auch zur Decke hoch. „Danke. Du bist echt lieb. Ich mag dich sehr, aber ich will wirklich noch warten. Ich glaube echt, du hast Verständnis dafür, das hätte ich nie von einem Kerl gedacht."

‚Aha? Warum denn nicht? Nicht alle sind Lustmolche oder haben nur das eine im Kopf. Mir reicht es schon, mit dir zusammen zu sein, dich zu spüren ...'

„Na ja, wenn es der richtige Kerl ist, kann er auch warten, finde ich", sagte er nur.

Jetzt rollte sich Tanja auf ihn und begann, ihn zu

küssen. Er spürte ihre weichen Lippen auf seiner Wange, dem Kinn, auf seinem Mund und schmolz dahin, wie ein Schneeball in der Sonne. Sie zog mit ihren Lippen an seiner Unterlippe und er streckte nun mutig die Zunge aus und begann, mit ihrer zu spielen. Ihr Haar fühlte sich voll und dicht an, es war wundervoll weich und er fasste es gern an. An Hals, Nacken und Schultern spürte er ihre Hand, ihre warmen Finger, wie sie ihn streichelten. Oh Gott, war das ein irre schönes Gefühl. Die Welt um Alex herum versank und die Zeit schrumpfte zur Bedeutungslosigkeit zusammen.

Später fragte sie: „Sind das deine Eltern auf dem Bild?"

Alex warf einen kurzen Blick auf das Bild und Erinnerungen blitzten auf. „Ja. Ich vermisse sie und ihr Foto hilft mir darüber hinweg. Findest du das kitschig oder doof?" Neugierig wartete er auf ihre Antwort.

„Quatsch. Wo wohnt ihr?"

„Ich bin aus Celle."

„Aus was für einer Zelle?"

Alex lachte. Das war echt lustig. Na ja, sie musste Celle nicht kennen, das Kaff war zu klein. „Keine Zelle. Aus Celle, mit C. Das ist eine Stadt in Niedersachsen, nördlich zwischen Hannover und Braunschweig", erklärte er.

„Ah, ich verstehe. Das ist hinter Magdeburg."

‚Sieh an, das weiß sie also. Gut!' „Ja, noch ein Stück weiter."

„Hast du Geschwister?" Tanja blickte neugierig

in seine blauen Augen.

‚Jetzt kommt die Ausfragerunde? Okay.' „Nein, Einzelkind. Du auch?"

„Jepp. Und du interessierst dich für Fußball."

Er nickte.

„Wie lange bist du schon hier?"

„Ach", er wickelte eine ihrer Locken um den Finger und sah zu, während er nachdachte. „Schon ein paar Monate. Oder ein halbes Jahr, ich weiß es gar nicht so genau."

„Hm", machte sie. „Du hast mir noch gar nicht erzählt, wie du hier gelandet bist."

„Na ja, meine Eltern sind sehr harmoniebedürftig. Meine Mutter ist eine Pferdeflüsterin, ihre Fähigkeit ist, dass sie super mit Tieren klarkommt. Und bei uns in Niedersachsen gibt es viel Weideland und Pferde. Wir haben keine eigenen Pferde, da wir in der Stadt und nicht auf dem Land wohnen, doch sie fährt umher und arbeitet mit zu nervösen oder aufbrausenden Pferden, macht sie sanfter und menschenfreundlicher."

Alex sah seine Mutter jetzt vor sich, ja, er vermisste sie. Er lachte leise, rückte noch eine Winzigkeit näher an Tanja heran und genoss es, ihr so nahe zu sein. Automatisch sprach er über seinen Vater und dann über sich selbst. „Na, also früher, in der Schule, habe ich schon mehrmals meine Fähigkeit eingesetzt, wenn mir Typen auf den Geist gingen oder mich verprügeln wollten, wobei ich einer Schlägerei nicht aus dem Weg gehe. Aber wenn die feigen Schwei-", er räusperte sich, „Kerle zu viert ankommen, was soll man da machen? Meinen Eltern gefiel das nie, aber sie haben erkannt, dass ich ein Kämpfer bin und mir die Wahl gelassen, hier aufs Internat zu gehen."

Eine Weile schwiegen sie und küssten sich. „Vermisst du nicht deine Freunde? Du hast doch viele Freunde in Celle?"

„Na ja, richtige Freunde habe ich nur zwei. Die bleiben mir auch erhalten und wir stehen in Kontakt. Das andere waren Kumpels, das läuft sich auseinander, das ist normal. Ich lebe nun hier, lerne andere Leute kennen, zum Beispiel ein ganz süßes, hübsches Mädchen. Nach meinem Abi gehe ich, hm, wer weiß wohin, mal sehen."

„Sehe ich ähnlich wie du. Ich vermisse wahnsinnig meine Eltern. Aber meine beste Freundin hat sich den Typen geschnappt, den ich toll fand. Jetzt simsen sie und ich kaum noch miteinander. Und so traurig bin ich nicht deswegen. Ich habe hier neue Freunde gefunden und dich ..." Sie küsste ihn und legte ihren Kopf auf seine Brust.

„Aha, du fandest also einen Typen toll. Wie sah er denn aus?"

„Hab ich vergessen. - Wofür interessierst du dich noch? Außer für Fußball."

‚Ja ja, lenk nur ab, meine Liebe!' „Alles, was mit Hexen und Hexern zu tun hat und noch viel mehr: Geschichte, Technik, Musik, Lesen, das Übliche eben. Und du?"

Tanja hatte die Augen geschlossen und reagierte nicht auf seine Frage. Alex sah genauer hin und bemerkte ihre regelmäßigen Atemzüge. Sie war eingeschlafen! War er so langweilig gewesen? ‚Ach, rede dir nichts ein!‘, sagte er sich. Eine Weile betrachtete er sie und studierte jeden Zug im Gesicht, jede Sommersprosse, jede Locke ihres tollen Haares. Dann erhob er sich vorsichtig, schlich zur Bibliothek und zeigte Adrian den erhobenen Daumen. „Denk an das Essen."

„Ich gehe gleich los und besorge was. Läuft es gut?"

„Super!" Leise schlich er zurück und wenig später erschien Adrian mit dem Gewünschten. Alex stellte das Tablett auf den Nachttisch und Adrian huschte wieder aus dem Zimmer.

Tanja bewegte sich und öffnete die Augen. „Oh mein Gott, bin ich etwa beim Kuscheln eingeschlafen? Wie peinlich!" Sie stöhnte auf und fuhr sich durch die Locken.

Alex lachte leise. „Das ist doch nicht peinlich. Du hast so süß ausgesehen." Er nahm ihre Hand und zog sie hoch. Er setzte sich neben sie aufs Bett und reichte ihr ein belegtes Brot und ein Stück Gurke.

„Ich habe mir Adrian geschnappt, er war ja in der Nähe, und habe ihn losgeschickt, uns was zum Essen zu holen. Und jetzt lass es dir schmecken. Du brauchst Kalorien, hast beim Training eine Menge verbraucht. Ich übrigens auch."

Tanja griff zu und kaute. „Du bist lieb. Wie spät ist es denn?"

Alex sah auf die Uhr. „Kurz vor acht."

„Oh!"

Sie verzog plötzlich das Gesicht und machte noch einmal: „Oh!"

„Hm? Was ist?"

„Ich habe eben dein Gehirnmuster gesehen."

Das fand er interessant. „Was siehst du?"

Tanja kniff erneut die Augen zusammen. „Du wirst unscharf und ein roter Schein legt sich um deinen Kopf. Es ist eher wie eine Aureole, eine Aura. Der Schein sagt mir irgendwie, dass du ein Hexer bist. Also er sagt es natürlich nicht, aber er vermittelt mir das Wissen. Dann sind da noch irgendwelche Muster in dem Rot, doch ich erkenne nicht, was sie bedeuten."

„Das ist gut! Sehr gut! Ein guter Anfang. Du musst weiter üben. Jeden Tag." Er freute sich für sie. Langsam kam sie immer besser zurecht.

„Ja, das wollte ich ja auch. Aber die Zeit vergeht so schnell mit Schule, lernen, Kursen."

„Trotzdem, du musst üben! Das ist wichtig!"

Tanja war kaum gegangen und Alex noch ganz verzaubert von ihrer Anwesenheit, da erschien Adrian wieder im Zimmer.

„Na, wie war es? Gut?", fragte er neugierig.

„Es war total fantastisch!", schwärmte Alex und verschwand im Bad. Er musste dringend pinkeln. Als er wiederkam, sah Adrian erst ihn misstrauisch an und dann Alex' Bett.

„Ihr habt hier aber nicht rumgemacht, oder?"

„Nein! Keine Sorge, es ist nichts passiert. Wir wollen uns Zeit lassen."

„Okay, in Ordnung. Aber ihr seid jetzt fest zusammen?"

„Jepp!" Alex warf sich auf sein Bett und verschränkte die Hände unter dem Kopf. „Ist dir auch aufgefallen, dass es hier im Internat kaum Paare gibt? Woran kann das liegen?"

„Das wird daran liegen, dass wir aus allen Teilen Deutschlands wild zusammengewürfelt sind, eine Zeitlang hier leben und dann jeder wieder zu sich nach Hause fährt, in die Stadt, in der er vorher gelebt hat. Und was wird dann aus der Beziehung, die man hier aufgebaut hat? Trennung? Fernbeziehung? Das ist doch Mist! Also versuchen die meisten gar nicht erst, hier jemanden zu finden. Dann gibt es später keine Enttäuschung, Tränen und so weiter. Aber es ist Frühling und man sieht schon Frühlingsgefühle und Flirten, wenn man sich mit offenen Augen umsieht. Du bekommst das nur nicht mit, weil du nur deine Tanja im Sinn hast und sonst nichts."

„Ach ja?" Alex sah zu Adrian, sah, wie der grinste.

„Na, vielleicht hast du recht. Und was ist mit dir? Gefällt dir hier eine holde Weiblichkeit?"

„Wenn du von gefallen sprichst, dann muss ich dir zustimmen. Ja, mir gefällt eine, obwohl ...", Adrian überlegte kurz, „hm, eher sind es zwei."

„Echt? Wer denn?"

„Die Zwillinge", sagte Adrian und ließ sich jetzt auch zurücksinken. Er sah zur Decke hoch.

„Ich finde Susi und Susa optisch total hübsch. Zusätzlich sind sie selbstbewusst und immer fröhlich, gut drauf. Das finde ich toll. Aber ich will keinen Zwilling als Freundin, erst recht keine Hexe. Ich will studieren und vielleicht Anwalt werden."

Er sprach nicht weiter und Alex fragte sich, was das Studium mit der Wahl der Freundin zu tun hatte. Doch ehe er nachfragen konnte, fuhr Adrian fort.

„Aber das behältst du für dich und erzählst es nicht weiter, klar?"

„Was, dass du Anwalt werden willst?", neckte

Alex.

Adrian schnaufte. „Du hast schon verstanden!"
Übergangslos schoss er eine Frage ab. „Ist Tanja
deine erste Freundin? Oder warst du schon mal näher
mit einem Mädchen zusammen?"

Alex warf ihm einen Blick zu, der sagte: So etwas
fragt man nicht! Doch Adrian bemerkte den Blick
nicht, also antwortete er doch. „Ich hatte schon vier
Freundinnen, aber nie über längere Zeit und nein, ich
hatte noch keinen Sex mit einem Mädchen." Er
grinste etwas verlegen vor sich hin.

„Ich auch nicht", sagte Adrian mehr zu sich
selbst und wechselte abrupt erneut das Thema. „Sag'
mal, was hältst du von Trixi? Ich finde, sie hat sich
nach dem Überfall total zurückgezogen. Ob sie ihre
versuchte Entführung nicht verkraftet hat?"

„Sehe ich auch so, irgendwas stimmt nicht mit
ihr. Aber sie will nicht mit mir reden. Sie meint, wir
wären nicht gut genug miteinander befreundet."

„Hm ... Und Tanja? Geht es ihr gut? Sie hatte
doch einige Gespräche mit dem Psychologen, hat das
was gebracht?"

„Ja, eine Menge. Sie hat alles gut überwunden
und es geht ihr super."

„Und du?"

Alex sah zu Adrian. Ihm war nicht anzusehen,
was er dachte und die kleine Lampe auf dem
Schreibtisch spendete zu wenig Licht. „Ich bin okay.
Und jetzt, mit Tanja zusammen, bin ich glücklich. Wir
genießen unsere Zeit und denken nicht an die
Zukunft. Mich nervt nur Chris. Ständig tänzelt er um

Tanja herum und quatscht sie an. Der Typ gefällt mir nicht!"

„Chris, hm", Adrian überlegte. „Ich kenne ihn kaum. Er ist ein Spinner. Arrogant, aber nichts dahinter. Er wird schon merken, dass er bei ihr nicht landen kann, er braucht mit seiner langen Leitung nur etwas länger, um es zu begreifen. Dann versucht er es bei einer anderen, wirst sehen. - Ist es mit Jens besser geworden, oder nervt er dich auch noch?"

„Ach hör' mir auf mit dem! Der ist so ehrgeizig, das ist echt nicht mehr normal! Wenn ich in die Internatsmannschaft komme, wird es mit ihm bestimmt noch schlimmer und wenn ich reinkomme und er fliegt wegen mir aus der Mannschaft, dann kann ich mich warm anziehen."

„Du hast einen Stress mit dem Fußball, das würde ich mir nie antun." Adrian lachte. „Ich habe nur die Bücher und die halten still und treten nicht."

Eine Weile unterhielten sie sich noch und als sie sich endlich ans Schlafen machten, war es nach Mitternacht.

Für das Wochenende plante Tanja einen Kinobesuch in Waren, der nächstgelegenen Kleinstadt. Sie hatte mit Sunny gesprochen, doch die wollte es sich überlegen, da es noch die Ausgangssperre gab. Bevor Tanja von Sunny Bescheid bekam, erzählte Alex ihr am Freitag früh beim Frühstück von seinem Gespräch mit Sunny.

„Sie hat prinzipiell nichts dagegen, dass wir ins Kino gehen. Aber sie erlaubt es uns nur, wenn Thomas uns am Samstag nach dem Mittagessen nach Waren fährt. Dann soll er zurück ins Internat kommen, seinen Samstagskurs durchziehen und uns am frühen Abend wieder abholen." Alex verzog das Gesicht. „Mir gefällt das nicht, es ist, als wenn Papi seine Kinderchen ins Kino fährt und sie anschließend wieder heimbringt. Dafür sind wir schon ein wenig zu groß, finde ich. Aber sonst lässt uns Sunny nicht gehen."

Tanja schien ihn zu verstehen, sie grinste verunglückt. „Sehe ich auch so. Aber denken wir positiv. Wenn alles gut geht, lässt uns Sunny das nächste Mal sicher alleine ziehen, ohne Fahrdienst. Und bequemer ist es mit Auto und Chauffeur auch."

„Hm, na ja." ‚Da hat sie auch wieder recht,' dachte er und ihm fiel ein, was die Direktorin noch gesagt hatte. Er trank seinen Kaffee aus. „Sunny hat mir aufgetragen, die Augen offen zu halten, wenn wir in Waren sind, da ich der Älteste bin. Sie rechnet nicht damit, dass etwas passiert, aber ich soll trotzdem wachsam sein."

„Aha?" Tanja beugte sich zu ihm und wuselte in seinem Haarschopf herum, als suche sie etwas.

„Was machst du da?"

„Ich suche die grauen Haare, da du doch der Älteste bist. Mein Greis!"

„Vergiss es!" Alex lachte und drückte ihr einen Kuss auf die Lippen. „Wir müssen los, der Unterricht wartet."

Aufs Kino freute Alex sich sehr. Nicht nur, dass er mit Tanja zusammen etwas unternahm, es war auch schön, einmal aus dem Internat herauszukommen. Ihre Freundin Tilla kam mit Freund Ron mit. Alex kannte Ron nur flüchtig, der dunkelhäutige Afrikaner war ihm zu jung und sie hatten wenig Berührungspunkte in ihrem Internatsleben.

Thomas, Wachmann und Kursleiter in Selbstverteidigung, Karate und Kampf ohne Waffen, fuhr sie nach Waren zum Kinocenter. Alex war bei ihm gelandet, nachdem er sich die meisten Kurse, die am Internat angeboten wurden, angeschaut hatte,

Die Fahrt war nicht lang und betrug etwa acht Kilometer. Doch die Straße war eng und endete oder begann am Schloß, je nachdem, wie man es sehen wollte. Kein Durchgangsverkehr verirrte sich hierher und der kleine Stadtbus kam nur, wenn man vorher anrief und ihn bestellte. Rechts neben der Straße erstreckte sich Nadelwald, in dem man im Herbst sicher Pilze finden konnte. Links lagen Felder, auf denen sich etwas Grünes zeigte. Ron hatte nur Augen für seine Liebste und den Arm um sie gelegt, wie Alex, der vorn auf dem Beifahrersitz saß, bemerkte. Ihm ging durch den Kopf, ob es gut gewesen war, das Internat mit dem schützenden Feld zu verlassen.

„Alles okay? Oder ist was?" Tanja hatte sich vorgebeugt und berührte ihn am Arm.

Die Geste beruhigte ihn ein wenig. Alex schüttelte den Kopf, sah aber nicht zu ihr nach hinten. „Alles super!"

Thomas meldete sich. „Wir sind gleich da. Alex, du hast das Sagen, hat mir Sunny erklärt. Also pass gut auf alle auf." Er machte eine kreisende Handbewegung, die alle mit einschließen sollte. „Habt Spaß, genießt den Film und danach ein Eis, wenn euch nicht zu kalt ist. Oder einen Kaffee. Halb sechs - und keine Minute später - lese ich euch da wieder auf, wo ich euch gleich rauslasse, am Markt. Das Center mit dem Kino ist gleich nebenan, Alex kennt es ja."

„Ja, Mann", sagte Alex leicht genervt. ‚Der soll bloß nicht den Aufseher spielen. Im Training ist er ja okay, aber jetzt?'

„Ist gut, ist gut. Wir sind da, seht ihr?"

Das Cinestar Waren lag an der Hauptstraße, dem Schweriner Damm, neben Amtsgericht, Bauamt und Einkaufscenter. Ein Stück den Damm entlang befand sich der Bahnhof Waren. Die vier verabschiedeten sich ausgelassen von Thomas und winkten ihm hinterher, als er sich wieder auf den Rückweg machte.

„Puh", machte Ron. „Endlich ist er weg."

„Ja." Tilla kicherte. „Aber er kann ja nichts dafür, wenn Sunny ihm sagt, er soll uns fahren, muss er es machen."

Im Foyer des Cinestars sah sich Alex um und versuchte die Leute einzuschätzen. Er prüfte Gehirnmuster, suchte nach Jägern. Am liebsten wäre er wieder zurückgefahren. Verdammt, was war nur los mit ihm? Er fühlte sich unwohl und sollte eigentlich glücklich sein. Endlich bekam er mit, dass Tanja ihn anstupste und nach dem Film fragte. Es standen The Hunger Games und Exodus zur engeren Auswahl.

„Hey, Alter, nun sei mal locker!", meldete sich Ron.

Der Kerl hatte ja keine Ahnung, der war ja nur verknallt. Ein Jäger könnte neben ihm stehen und ihn angrinsen, das würde der nicht merken. „Wie soll ich locker sein, wenn überall ...", Alex schloss den Mund und warf Ron einen finsteren Blick zu. „Du siehst doch eh keine Gefahr, selbst wenn sie dich anspringt."

„Was soll das denn jetzt heißen, man? Was machst du mich hier blöd an? Nur weil du 'n Jahr älter bist, denkst du, du kannst mich beleidigen?"

‚Es sind fast zwei Jahre, du Knabe!', dachte Alex.

„Was ist denn los mit dir?"; fragte Tilla.

Was mischte die sich jetzt ein? „Ach, geh mir aus dem Weg", murmelte er unwirsch.

„Genau! Weil du der Chef bist und das Sagen hast, ja?" Ron war laut geworden und sein Gesicht rötete sich vor Zorn.

Tanja stand da und schaute mit wachsendem Erstaunen und Befremden dem Disput zu. Sie sah zu Tilla und wirkte verwirrt und enttäuscht. Das gab Alex einen Stich. Mann, jetzt wurde es ihm aber gleich zu bunt! „Ich soll auf euch aufpassen, hat Sunny gesagt, und das werde ich auch tun. Es können überall Jäger lauern!", gab er ebenso laut zurück.

Mehrere Leute schauten bereits zu ihnen und als das Wort Jäger fiel, drehten sich vier junge Männer um. Sie mochten um die zwanzig Jahre zählen und sahen mit ihren kurzen Haaren und den Bomberjacken nicht gerade nett und freundlich aus.

„Wo lauern hier Jäger? Was sollen sie denn jagen, so junges Gemüse wie euch?", fragte einer der Typen. Die Kerle lachten laut auf.

„Ist schon gut, er spricht nur von einem Film", sagte Tilla schnell.

„Ah! Gibt es Sexszenen in diesem Film?", fragte der Typ wieder. Er grinste eigenartig fies und seine Augen wanderten an Tilla herunter und wieder hinauf. „Sonst machen wir unsere Sexszenen eben selber. Vielleicht mit dir?" Der Kerl wollte nach Tilla greifen.

Sie wich aus und Ron rief: „Hey, das reicht jetzt."

Von den umstehenden, zumeist jugendlichen Kinobesuchern nahm niemand Notiz von ihnen und die paar, die eben noch zu ihnen herübergesehen hatten, waren weiter gegangen. Alex fühlte, wie Wut in ihm hochbrodelte. Die Kerle waren zwar keine Jäger, aber nach Tilla grabschen, das ging entschieden zu weit! Wie von alleine aktivierte sich seine Fähigkeit und verdichtete die Luft vor dem Gesicht des aufdringlichen Kerls. Der begann plötzlich zu keuchen und schien kaum noch Luft zu bekommen. Sein Gesicht lief rot an und er griff sich verwirrt an den Hals.

„Ey, Alter, was iss'n los? Macht deine Pumpe nich' mehr mit?", fragte ihn einer seiner Kumpels halb besorgt, halb sich über ihn lustig machend. Er hatte eine Narbe im Mundwinkel, wahrscheinlich hatte einmal ein Schlag seinen Mund an dieser Seite aufgerissen und die Verletzung war schlecht verheilt. Die Narbe zuckte, als wollte er gleich in schallendes Gelächter ausbrechen.

Einer der anderen zwei stieß ihn an. „Vielleicht hat er was verschluckt?"

„Was denn, du Depp! Etwa seine Zunge?" Narbenmund lachte nun doch nicht, sondern wurde wütend.

„Ich hab keene Ahnung, was los ist, man, ich krieg' kaum noch Luft!", meldete sich der Erste wieder.

Der Streit war vergessen. Jetzt griff der Vierte ein und packte den Kerl stützend am Arm. „Komm, wir bringen dich raus!"

Gemeinsam brachten sie ihren Kumpel nach draußen an die frische Luft. Sie warfen drohende Blicke zu Alex und Ron, aber sie hatten mit ihrem Kameraden genug zu tun.

,Gut so, verpisst euch bloß, verdammtes Pack!‘, dachte Alex.

„Bist du wahnsinnig, deine Fähigkeit hier zu gebrauchen?“, wurde er von Tanja angezischt. Natürlich kannte sie seine Fähigkeit und hatte mitbekommen, dass er sie einsetzte. Sie blitzte ihn an und schüttelte den Kopf. Jetzt war sie sauer! Na toll!

„Was sollte ich denn machen? Verdammt! Die Typen wollten Tilla an die Wäsche und sie wollten uns aufmischen! Sollte ich da zusehen oder warten, bis mir ʼne Faust die Nase bricht?“ Alex funkelte wütend zurück und ballte unbewusst die Hände zu Fäusten.

„Hey, hey!“, Ron packte ihn am Arm. „Wir sind dir auch dankbar für die Hilfe, aber jetzt komm wieder runter, okay?“

„Ja, bitte“, bat Tilla.

Alex schüttelte Rons Hand ab. Aber der Kerl hatte recht, was war denn nur los mit ihm? Alex verstand sich selbst nicht mehr. Statt den Ausflug mit Tanja zu genießen, spielte er hier den Rambo. Und hatte seine Fähigkeit eingesetzt! Was war denn nur los mit ihm? Es musste die seltsame Unruhe und die unterschwellige Angst gewesen sein, die ihn erfüllten und die ganze Zeit schon nervös machten. Es gab hier keine Jäger und es gab hier keine Bedrohung! Die Kerle hätten sie auch so bald in Ruhe gelassen, ohne dass er einen von ihnen halb umbrachte! Irgend etwas stimmt nicht mit ihm, erkannte Alex plötzlich und das machte ihm noch mehr Angst.

„Ja, ist gut! Gehen wir in das verdammte Kino!“, brummte er und ging voran. Der Abend war gelaufen.

Während des ganzen Films saß er verkrampft neben Tanja und traute sich nicht, sie zu berühren. Dabei hätte er gern den Arm um sie gelegt. Doch er spürte, dass sie sauer auf ihn war.

Als sie den Kinosaal verließen, entschuldigte er sich und sagte, dass es ihm leid tue.

„Ich bin wohl doch noch nicht völlig über den Überfall der Jäger hinweg, obwohl ich es dachte. Heute habe ich mich total unter Druck gesetzt gefühlt und sah überall Jäger. Ich hatte Angst. Nicht um mich, aber um euch! Ich werd' wohl mal mit Sunny darüber reden", brummte er und meinte es ernst. Tanja wirkte erleichtert und gab ihm einen Kuss. Na ja, da hatte er zum Schluss des Tages nochmal knapp die Biege bekommen. Als sie zu Thomas ins Auto stiegen, sah er sie leicht erstaunt an. Er hatte den Mund schon offen gehabt und wollte sicher fragen, wie es gewesen war, doch diese Frage verkniff er sich, angesichts ihrer Mienen. Stattdessen sprach er vom Kurs und dem Sturz eines Teilnehmers. Lukas war über einen Kiefernzapfen gestolpert und hingefallen und den ganzen restlichen Kurs lang hatten alle darüber lachen müssen. Thomas bekam nur ein mattes Grinsen von den Vieren.

Im Zimmer fragte Adrian Alex, wie es im Kino gewesen war und Alex erzählte ihm von seinem Ausfall und dem vermasselten Abend. Adrian hörte ihm zu und stellte Fragen, dann analysierte er sein Verhalten, als wäre er selber Psychologe und bescheinigte ihm, Hilfe zu benötigen. Das brachte Alex nicht auf die Palme, denn er glaubte nun auch daran. Am Montag redete er mit Sunny über sein Problem und sie versprach, den Psychologen, der für die

WWWF arbeitete und bereits Tanja geholfen hatte, noch einmal kommen zu lassen. Der Mann erschien schon am Dienstag und war echt gut, verständnisvoll und einfühlsam und Alex kam gut mit ihm aus. Er holte an mehreren Tagen das verdrängte Erlebnis mit den Jägern aus einem versteckten Winkel von Alex' Gedächtnis und arbeitete es mit ihm auf. Alex musste sich noch einmal damit beschäftigen, was bei dem Überfall geschehen war und was er selber getan hatte. Darüber zu reden, half ihm sehr und nachdem er das Ereignis verarbeitet hatte, konnte er es auch in seinem Innern abschließen und endlich in die Schublade des Vergessens schieben. Er fand zu seinem seelischen Gleichgewicht zurück und wurde nun wirklich wieder der Alte. Er wurde so sensibel, dass er spürte, dass mit Tanja nicht alles in Ordnung war und sie ihm etwas verheimlichte, doch er fand nicht heraus, was mit ihr los war. Wenn er mit ihr darüber reden wollte, wich sie ihm immer aus. Aber Tanja hatte sich auch positiv verändert und erschien nun reifer, erwachsener. Sie machte mehr Sport und belegte neben dem Bogenschießen auch Kurse in Kampfsport und Selbstverteidigung.

Nach und nach fühlte Alex sich besser und seine unbeherrschten Ausbrüche verschwanden. Allerdings kam er sich durch Elkes Aufdringlichkeit immer mehr gestalkt vor und Chris ging ihm auch auf den Nerv. Auch Tanja war von Chris genervt, da er ständig ihre Nähe suchte und sie anbaggerte, doch sie nahm es hin. Alex nahm sich vor, noch einmal mit Elke zu reden, doch Tanja fand diese Idee nicht gut und brachte ihn schließlich davon ab. Sie wollte keinen Streit oder Stress und liebte Harmonie.

Alex gewöhnte sich an, alleine am See entlang zu laufen, um seine Nerven zu beruhigen und seine innere Ruhe zu verstärken. Es gefiel ihm sehr, die Gedanken ohne Störung schweifen lassen zu können und die Natur, die Bäume, der See und die Tiere, die er manchmal sah, gaben ihm innere Ruhe und Stärke. Dabei fand er ein lauschiges Plätzchen, das abseits und ein wenig versteckt lag und ihm ausgesprochen gut gefiel. Er zeigte den Ort Tanja, die ihm erst widerstrebend folgte, da der Platz außerhalb der Schutzkuppel hinter den Runensteinen lag, aber sie fand ihn auch bezaubernd und belohnte Alex für seinen Fund mit Küssen. Sie beschlossen, den Platz zu ihrem Platz zu machen und nicht herumzuerzählen, dass es ihn gab. Hierhin konnten sie sich zurückziehen, wenn sie allein sein wollten.

Seit einiger Zeit gab es eine neue Möglichkeit, die Freizeit zu verbringen. Ein bisher ungenutzter Raum im Schloss hatte einen Billardtisch plus eine gemütliche Sitzecke bekommen. Alex spielte Billard sehr gerne. Liebevoll brachte er Tanja das Spiel bei und kam dabei auch den Zwillingen näher, die ebenfalls das Spiel mit den Kugeln mochten. Zu den Sport- und Lernkursen war dies eine gute Ergänzung, die von den anderen Schülern jedoch wenig genutzt wurde.

Ende März gab es einen sehr warmen Tag mit mehr als zwanzig Grad und Alex, der vom Wetterbericht wusste, dass es wieder unbeständiger und kälter werden sollte und auch über das Wochenende so bliebe, hatte er eine spontane Idee. Direkt nach dem Unterricht suchte er Tanja und sprach sie an. „Hey, heute ist ein super Tag. Es ist laut Wetterbericht der wärmste bisher in diesem Jahr. Da es morgen schon wieder kälter werden soll und Regen kommt, der bis übers Wochenende anhalten soll, lade ich dich eben heute ein."

Da er sie auffordernd anschaute und nicht weitersprach, fragte Tanja: „Sehr schön, aber zu was lädst du mich denn ein?"

Er küsste sie und hauchte in ihr Ohr. „Zu einem Picknick am See, an unserem Platz. Wir bringen unsere Taschen ins Schloss und dann kannst du duschen oder dich kurz ausruhen und ich eile schon voraus und erwarte dich dann am See. Klingt das gut?"

„Ein Picknick? Sehr gut!"

„Dann bring deine Sachen aufs Zimmer, wir treffen uns am Platz, ja?"

Als Tanja zur Bucht kam, hatte Alex eine dicke Decke ausgebreitet und verschiedene Häppchen wie kleine Wiener, Käsestückchen, Obst und Minisandwiches auf Papptellern drapiert. Dazu gab es eine Cola und Plastikbecher. Kein Luxusdinner auf edlem Geschirr, aber Tanja sah angenehm überrascht aus und fand es total schön.

„Wie hast du das geschafft?", fragte sie verblüfft.

„Ach ich habe Simone von dir vorgeschwärmt und gesagt, dass ich dich überraschen will und sie fand das total rührend. Unglaublich schnell zauberte sie die Häppchen herbei, fand die Pappteller und hatte sogar den Picknickkorb samt Decke in einem Küchenschrank. Irre was?" Er lächelte geschmeichelt, dass seine Idee so gut ankam und war glücklich.

Ausgelassen aßen und tranken sie und schauten über das Wasser. Die Sonne schien warm auf sie herab und verdrängte ein wenig die Kälte, die aus dem Boden drang. Natürlich gab es zum Dank viele Küsse und Kuscheleinheiten für Alex.

Später lag Tanjas Kopf auf Alex' Brust und sie blickte in den Himmel, wo seltsam zerfetzte Wolken entlangzogen und langsam ihre Anzahl mehrten. „Ich habe in drei Monaten Geburtstag", sagte sie plötzlich.

„Ich weiß. Ist dir ein Geschenk eingefallen?" Alex kannte natürlich ihr Geburtsdatum. Bis zum 7.7. war es noch Zeit und er wunderte sich, warum sie plötzlich ihren Geburtstag erwähnte.

„Ja, eigentlich schon, so könnte man es nennen." Sie grinste geheimnisvoll, hob den Kopf und strahlte ihn an. „Du kannst mir etwas schenken, obwohl es genau genommen eher eine Wegnahme ist. Du nimmst mir etwas weg, das ich bis dahin hatte und dann nie wieder haben werde."

„Hä?" ‚Was meint sie denn jetzt?', fragte er sich, runzelte verwirrt die Stirn und hob die Brauen.

Tanja lachte. „Es hat mit körperlicher Aktivität zu tun. Und diese Aktivität macht man zu zweit, meistens im Bett, aber nicht immer."

„Oh … Du meinst …" Sollte sie wirklich das eine meinen?

„Ja, genau das meine ich. Und ich denke, du willst mir ganz sicher dieses Geschenk machen. Ich hoffe nur, dass es dir nicht zu lange hin ist und du noch warten kannst, bis zum 7.7."

„Bist du sicher, dass du das willst?", fragte Alex und sah Tanja an. Sie war so wunderschön und er war so froh, mit ihr zusammensein zu dürfen.

„Ganz sicher!"

„Ich werde warten, ungeduldig und in Vorfreude vergehend, aber ich werde warten."

Tanja lachte. „Na, ich hoffe, du hältst es aus."

„Na logisch! Wir sind doch trotzdem zusammen, küssen und berühren uns, ich kann dich ansehen und von dir träumen …"

Ein Kuss versiegelte seine Lippen und die Schmetterlinge in seinem Bauch tanzten Ringelreigen.

Es wurde ein unvergesslich schöner Nachmittag.

Die hasserfüllten Blicke, die jede Bewegung von ihm verfolgten, als sie wieder zum Internat zurückgingen und die Schimpfworte, mit denen er tituliert wurde, bemerkten weder er noch Tanja.

Alex war gerade vom Training gekommen und öffnete seine Zimmertür, als ihn etwas mit voller Wucht traf. Es war nichts wirklich real existierendes, es war ein mentaler Ruf, der in seinem Kopf erklang, ihn innerlich ausfüllte und dabei wie ein Schrei hallte. Eine Stimme, die ihn an Susa oder Susi erinnerte, rief ihm zu, schnell nach draußen zu kommen, da etwas Furchtbares mit Tanja passiert sei.

Die Wucht der Botschaft erschütterte ihn und dann kam der Schock des Inhaltes hinzu. Tanja? Was war mit ihr passiert? Wie vom Teufel gehetzt, rannte Alex los. Schon von weitem rief er: „Was ist passiert? Wo ist Tanja?"

Sunny sah verwundert auf. Mit ihm hatte sie wohl nicht gerechnet.

„Ich habe ihn gerufen", sagte Susa leise und schniefte. „Ich wusste nicht ... Er ist doch ihr Freund ..." Ihr Blick irrte zu Li. „Hau bloß ab!", schrie sie das Mädchen an. Li, Elkes chinesische Freundin, weinte auch. Ihr Gesicht war schmerzlich verzogen. Nach einem ängstlichen Blick auf Susa rannte sie weg.

Alex sah von einem zum anderen und Panik

übermannte ihn. Tanja war nicht da. „Würde mir jemand sagen ...?", jetzt bemerkte er den Blutfleck. Er schnappte nach Luft und wurde bleich. „WO! IST! TANJA?"

„Komm her." Thomas kam ihm entgegen und umarmte ihn. Stockend begann er zu erzählen, was passiert war, soweit er es wusste. Die Zwillinge ergänzten. Was sie sagten, klang unglaublich, durfte nicht sein! Tanja niedergestochen von dem durchgeknallten Freak Chris, Tanja blutend, Tanja im Notarztwagen auf dem Weg ins Krankenhaus!

„Nein!" Alex riss sich von Thomas los und fuhr sich wie ein Irrer durch das Haar. „Ich bringe ihn um! Ich bringe das Schwein um! Wo ist Chris?" Er sah sich suchend um und hätte ihn ohne zu zögern umgebracht, doch der Scheißkerl war nicht da!

„Das tust du nicht!" Sunny klang kalt, eiskalt. „Wenn es ginge, hätte ich ihn schon mit meinen eigenen Händen ...", sie brach ab und schüttelte den Kopf. „Du lässt ihn in Ruhe. Er wird bestraft werden."

Alex hörte ihr nicht zu. „Ich will zu Tanja!"

„Ja", sagte Sunny. „Wir fahren zum Krankenhaus."

Thomas nickte. „Ich hole mein Auto."

„Ihr bleibt hier", wandte sich Sunny an Susa und Susi. „Sucht Li und fragt sie aus. Sie soll alles sagen, was sie weiß!"

Fünfzehn Minuten später standen Sunny, Thomas und Alex am Empfang der Müritzklinik. „Es geht um den Notfall, der vor zehn Minuten hier angekommen sein muss. Ein junges Mädchen, mit Messerwunde."

„Ein junges Mädchen wurde eingeliefert, das ist richtig. Sind Sie Angehörige?" Die Dame hinter der Glasscheibe schaute sie professionell an. Sie sah täglich Leid und Schmerz, es war ihr Job, nicht selbst traurig oder bekümmert auszusehen.

„Das Mädchen heißt Tanja Jokisch. Sie ist Schülerin meines Internats auf Schloss Torgelow. Ihre Eltern sind nicht hier. Ich werde sie informieren, wenn ich weiß, was gerade mit ihr passiert und wie es ihr geht."

„Normalerweise geben wir an Fremde keine Auskünfte-"

Alex stöhnte auf. „Was laberten die Gestalten hier herum, er wollte zu Tanja! Er musste zu Tanja! Thomas legte die Hand auf seinen Arm.

„-aber da sie sozusagen die ihr in dieser Situation am nächsten stehende Person sind ...", sprach die Frau ungerührt weiter und ignorierte auch Alex' Augenrollen, „... wird es wohl in Ordnung gehen. Ich brauche Angaben über die Verletzte. Name, Alter, Anschrift, Krankenkasse, sofern dies Ihnen bekannt ist. Ebenso Allergien, Medikamenten-unverträglichkeiten, Blutgruppe."

„Ja, ich sage Ihnen gleich, was ich weiß", unterbrach Sunny sie. „Aber wie geht es ihr?"

Die dauergewellte Blondine in den beginnenden Vierzigern sah Thomas an, dann Alex. Er warf ihr einen Blick zu, der sie die Augenbrauen hochziehen ließ.

„Er ist ihr Freund!", rief Thomas flehentlich.

Endlich griff die Frau zum Telefon und führte ein kurzes leises Gespräch. „Sie ist in OP Nummer 5, wird gerade notoperiert. Es sieht nicht gut aus, aber wenn die Operation gut verläuft, besteht Grund zur Hoffnung. Mehr kann ich Ihnen beim besten Willen nicht sagen."

Alex stieß die Luft aus, die er schon zu lange angehalten hatte. Tanja lebte noch und Gott musste dafür sorgen, dass es so blieb. Sonst würde er, Alex, für nichts mehr garantieren können ... Seine Fäuste ballten sich von ganz allein.

Sunny atmete auf und drehte sich zu ihm und Thomas um. „Wartet da hinten, ich erledige hier die Formalitäten, dann rufe ich Tanjas Eltern an.

„Komm", sagte Thomas, dann versank alles um Alex herum in grauer Zuckerwatte.

Er durfte nicht zu Tanja und wie er ins Internat und auf sein Zimmer zurückgekommen war, wusste er nicht mehr. Sunny kam und legte tröstend den Arm um ihn. Sie gab ihm eine Tablette und er schlief ein.

Im Internat herrschten am Folgetag eine bedrückende Atmosphäre und eine gespenstische Ruhe. Kein Lachen, keine lauten Stimmen waren zu hören, jeder lief mit traurigem oder bedrücktem Gesicht herum, die meisten hatten sich in ihre Zimmer zurückgezogen, nur die neunte und die zwei zehnten Klassen hatten noch Unterricht. Vor der ersten Stunde und in den Pausen war Alex umhergestreift, auf der Suche nach Chris und Elke. Sunny hatte ihn noch nicht darüber informiert, dass die beiden weggeschafft worden waren. Die Zwillinge und Trixi versuchten in der großen Pause, als sie in der Mensa zu Mittag aßen und er mit finsterem Gesicht dasaß und nichts herunterbekam, ihn zu trösten, doch Alex war zu aufgewühlt. Die Angst um Tanja fraß an ihm wie ein Tiger an der geschlagenen Antilope. Susa und Susi berichteten ihm und Trixi, was sie von Li erfahren hatten, die versuchte, sich so unsichtbar wie möglich zu halten. Etwas, das dem anderen Schatten Elkes, ihr Name war Vanessa, besser gelang, denn sie war unauffindbar. Und da die Zwillinge ihr Gehirnmuster nicht kannten, konnten sie auch nicht gezielt nach ihr suchen.

„Wenn ich doch nur gewusst hätte, zu was Elke fähig war ...", sagte Alex zum wiederholten Male und raufte sich die Haare. Dass Elke - nach seinem Gespräch mit ihr - nicht nur ihn weiter gestalkt hatte, sondern letztendlich auch noch Chris mit ihrer Fähigkeit, Gefühle übertragen zu können, aufgehetzt hatte, auf Tanja loszugehen und sie niederzustechen, raubte ihm fast den Verstand! Wenn er doch nur noch einmal mit dieser verblendeten Irren geredet hätte, dann wäre vielleicht das Verbrechen nicht geschehen. Die Selbstvorwürfe zermürbten ihn.

Unter den Mitschülern im Internat hatte sich das Gerücht verbreitet, Chris hätte in einem Streit Tanja verletzt. Elkes Anteil an dem Vorfall blieb unklar. Die Vermutungen reichten von sie hätte zugesehen bis zu sie hätte den Streit bewusst provoziert. Die meisten Jugendlichen zeigten sich betroffen und entsetzt, einige sprachen Alex ihre Anteilnahme aus, andere gingen schnell wieder zur Tagesordnung über. Die Lehrer hielten sich bedeckt und warteten eine offizielle Stellungnahme von Seiten der Schulleitung ab. Sunny hatte eine Versammlung angekündigt, aber noch keinen genauen Termin genannt. Alex und die Zwillinge bestätigten weder die Gerüchte, noch dementierten sie diese. Sie sagten einfach nichts. Alex interessierten die anderen sowieso nicht, in seinem Kopf war nur Platz für Tanja und für Hass auf Chris und Elke. Nachdem die Lähmung des Schocks über Tanjas Verletzung etwas abgeklungen war, hatte er das ganze Internat nach Elke und Chris abgesucht und er wusste nicht, was er getan hätte, wenn er sie gefunden hätte. Er wollte sie umbringen, foltern, zerstückeln, ihnen Schmerzen zufügen und alle seine Wut an ihnen auslassen. Später war er froh zu erfahren, dass man sie weggebracht hatte.

Er durfte einmal Tanja kurz in der Müritzklinik sehen, an den Rest der nächsten Tage erinnerte er sich fast gar nicht, kaum, dass sie vergangen waren. Tanja lag, lebensgefährlich verletzt, im Koma und niemand, auch kein Arzt, wusste, ob sie wieder aufwachte oder in das Reich des Todes hinüber dämmerte.

Da Tanja nicht bei Bewusstsein war, konnte sie sich auch nicht selbst heilen. Ihre Eltern waren angereist und wohnten im Gästehaus der Klinik. Tanjas Mutter Simone konnte ebenfalls heilen, sie versuchte, Tanja zu helfen, doch sie war entweder zu schwach, Tanja war zu schwer verletzt oder beides zusammen. Sunny hatte die Idee, die Zwillinge mit ihrer telepathischen Fähigkeit versuchen zu lassen, Tanja mental zu erreichen und sie dazu zu bringen, aufzuwachen oder ihr vielleicht helfen zu können, sich zu heilen. Alex erfuhr von diesem Plan und bekniete Sunny, mitkommen zu dürfen. Schließlich erlaubte sie es ihm.

In der Lobby des Krankenhauses trafen sich nach der Schule Sunny, Alex, Susa und Susi mit Tanjas Eltern. Diese sahen schlimm aus. Von Weinen geschwollene und gerötete Gesichter, übernächtigte, rote Augen, graue Haut und ungepflegtes Haar.

„Du bist also Tanjas Freund", sagte Peter zu Alex, als Sunny alle einander vorgestellt hatte. „Da hat sie ja eine gute Partie abbekommen." Er umarmte Alex wie einen lange nicht gesehenen Sohn. Alex nickte nur, ihm stand der Sinn nicht nach Familie und Konversation. Er sorgte sich um Tanja und wollte, dass etwas passierte, das ihr half.

Nach einigem Vorgeplänkel hob Sunny die Hände. „Lasst uns anfangen!"

„Genau", rief Alex, dessen Ungeduld immer größer wurde. „Fangt endlich an, Tanja braucht Hilfe!"

Sunny bat Alex und Tanjas Eltern, nicht mit ins Krankenzimmer zu kommen und ging mit den Zwillingen hinein.

Wenig später saßen sie alle in der Cafeteria der Klinik bei Kaffee und Bockwurst. Alex hatte ihnen so flehentlich entgegengesehen, als sie wieder aus Tanjas Zimmer traten, dass Susi laut aufschluchzen musste. Das sagte Alex genug und seine Miene versteinerte. Die Zwillinge hatten keinen Erfolg gehabt!

„Ihr glaubt also, dass Tanja von dieser Tara Jokis träumt und dass sie ihre Vorfahrin ist?", resümierte Sunny, an die Zwillinge gewandt.

Die Zwillinge nickten. Sie hatten über ihren

Versuch, Tanja mental zu erreichen und über das, was sie über Tara Jokis wussten, berichtet.

„Aber warum träumt sie von ihr?", fragte Simone ratlos. „Soll das bedeuten, dass diese Tara in Tanja wiedergeboren wurde und sich jetzt in Tanja materialisiert?"

„Hm", Sunny überlegte. „Das wäre zwar möglich, aber ich glaube nicht daran."

„Ich auch nicht", schloss sich Peter an.

Alex hatte mit Spannung den Zwillingen zugehört. Von Tanja hatte er vorher nur eine Kurzfassung über ihre Vergangenheit bekommen. „Ich weiß zu wenig darüber", sagte er jetzt. „Aber wenn diese Urahnin in Tanja wiedergeboren wäre, hätte man doch schon früher etwas davon merken müssen, oder? Aber Tanja selbst hat nichts gemerkt und niemand sonst. Keine Stimmungsschwankungen oder Verhaltensänderungen."

Sunny nickte. „Das hast du gut gesagt."

„Nur, was bringt uns das jetzt? Wie hilft es Tanja?", fragte er.

Schweigen war die Antwort.

Am Ende der Woche, Freitag, gab Sunny kurzfristig eine Versammlung bekannt. Sie berichtete der Schülerschaft und den Lehrern von Chris' Angriff auf Tanja, ihrer Verletzung und von Elkes Rolle dabei.

„Die beiden wurden zur WWWF gebracht, wo sich fähige Leute um sie kümmern und sie psychologisch bewerten. Bei Elke hat sich bereits ein abnormes Verhalten gezeigt. Ihre Moralvorstellungen, ihr Wertedenken, ihr ganzes Verhalten ist geprägt von Hass und übergroßem Besitztum. Sie wird sehr lange Zeit in einer Einrichtung verbringen müssen, in der sie betreut, aber auch überwacht werden wird. Mehr möchte ich jetzt dazu nicht sagen. Vanessa jedoch, die wohl jemandes Ärger oder Zorn zu spüren bekam, trifft keine Schuld. Sie war mit Elke sehr eng befreundet und hat nicht bemerkt, wie sich Elkes Gesundheitszustand verschlechterte. Daraus kann man ihr keinen Vorwurf machen, auch wenn ich mir mehr Courage von ihr gewünscht hätte, so, wie sie Li gezeigt hatte. Leider kam bei Li die Einsicht zu spät, um das Unglück noch verhindern zu können. Doch besser spät als nie. Jetzt verurteilt Li Elkes Verhalten aufs Schärfste und ich hoffe, jeder hier im Saal unterstützt sie darin, sich wieder in die Schülergemeinschaft einzugliedern. Diese Chance sollte auch Vanessa bekommen. Denkt einmal darüber nach. Die Versammlung ist beendet."

Alex hatte sich in den letzten Tagen ein wenig gefangen. Noch immer machte er sich Vorwürfe und er bangte so sehr um Tanja, dass er kaum essen oder schlafen konnte, aber er nahm wieder ein wenig mehr am Internatsleben teil. Als die Schüler noch auf dem Schulgang standen und durcheinander redeten, ging er zu Li, die sich abseits hielt. Er wusste, dass sie keine Schuld an Tanjas Lage hatte. Sie war Elkes Freundin gewesen und ihr auf Schritt und Tritt gefolgt, doch dafür konnte man ihr keinen Vorwurf machen. Alex legte ihr die Hand auf die Schulter. „Ich hasse oder verachte dich nicht. Wenn wir das alles hier überstanden haben, dann komm doch mal zum Billardspielen vorbei, wenn du magst."

„Ich kann doch gar nicht ... Okay, mache ich." Li nickte und sah Alex einen Augenblick lang in die Augen. „Danke."

Sie wussten beide, dass sie von vielen Augen beobachtet wurden. Alex wollte nun mit Vanessa ebenso reden, er suchte sie mit den Augen, doch sie war verschwunden. Dann eben später. Er zuckte die Schultern.

Am Samstag war keine Schule und Sunny gestattete einen Großbesuch im Krankenhaus. Sunny, Tilla, Trixi, die Zwillinge und Alex fuhren mit Thomas und dem Van, der für zehn Personen ausgelegt war, zur Müritzklinik, wo sie Tanjas Eltern trafen.

Traurig und stumm standen sie alle um Tanjas Bett herum und hörten dem Piepen, Zischen und Blubbern der Maschinen und Geräte zu. Am Vortag hatte Simone noch einmal versucht, Tanja zu heilen. Sie glaubte, eine winzig kleine Veränderung in ihrer Tochter bewirkt zu haben. Ganz sicher war sie sich nicht, zumal es keine optische oder anderweitige Bestätigung dafür gab.

Umso überraschter waren alle, als plötzlich Tanjas Kopf zitterte und sich nach rechts drehte. Ihr Brustkorb hob sich stärker, als er es die ganze Zeit durch die Beatmungsmaschine getan hatte und ihre Lider flatterten. Dann hoben sie sich zur Hälfte und gaben türkisfarbene Pupillen frei.

Ihre Mutter gab einen keuchenden Laut von sich und atmete schneller. Ihr Pa beugte sich vor, als könnte er so besser sehen, was geschah und die Zwillinge wagten keine Bewegung, keinen Atemzug, um nicht das Wunder, das gerade geschah, zu verscheuchen. Sunny entfuhr ein: „Oh!"

Alex stand mit Trixi etwas hinter den anderen und er packte Trixis Oberarm, als er Tanjas Bewegung sah. Seine Finger schlossen sich wie Stahlklammern um ihren Arm, während er wie gebannt den Blick nicht von Tanja abwenden konnte. Sein Herz wummerte auf einmal in seiner Brust wie ein Vorschlaghammer. „Tanja!", flüsterte er.

Trixi stöhnte vor Schmerz auf und Tränen traten in ihre Augen, die sich schnell mit Freudentränen vermischten. Sie schob ihre Finger unter die von Alex und brachte ihn dazu, den Griff zu lösen.

„Oh man, was für ein Traum ...", murmelte

Tanja leise und abwesend, dann schlief sie wieder ein. Doch sie hatte es geschafft und das Koma abgestreift. Von nun an wurde es besser. Tanja konnte sich heilen und schon bald die Klinik verlassen, was die Ärzte verblüffte. Allerdings lag sie noch fast drei Wochen in ihrem Bett und genas Stück für Stück. Äußerlich und innerlich, aber auch geistig. Der Angriff hatte ihr auch einen Schock versetzt und sie brauchte Zeit, das Geschehen zu verarbeiten. Alex half ihr, so gut es ging. Er verbrachte viel Zeit an ihrem Bett und erzählte ihr von sich und vom langsam wieder-kehrenden Alltag im Internat. Tilla versorgte sie mit dem Schulstoff und den Hausaufgaben, damit sie nicht zu weit zurück blieb und den Abschluss des Schuljahres schaffen konnte.

Nachdem Tanja wieder gesund war und keine seelischen oder körperlichen Schäden zurückbehalten hatte, war Alex der glücklichste Mensch der Welt. Denn als Mensch sah er sich selbst und in zweiter Linie erst als Hexer. Er hatte bereits einmal seine Eltern besucht und sie waren zu seinem Geburtstag im Oktober ins Internat gekommen. Nun plante er einen neuen Besuch - mit Tanja zusammen - bei ihnen. Er vermisste sein altes Leben nicht, das ihm fern und langweilig erschien, aber er vermisste seine Eltern und seine Heimat. Und er wollte seiner Mutter und seinem Vater stolz seine neue Freundin und vielleicht auch zukünftige Frau präsentieren und Tanja Celle zeigen. Mit ihren Eltern verstand er sich gut und er hoffte, dass Tanja auch mit seinen gut auskam. Er erzählte ihr noch nichts von seinem Vorhaben und wartete auf eine günstige Gelegenheit.

Tanja fühlte sich auch wieder ausgeglichen und

gut. Sie begann, ihre Fitness wiederherzustellen und trieb Sport, wie eine Besessene. Sie wollte in Topform kommen und einem erneuten Angriff nicht noch einmal so wehrlos gegenüberstehen. Einmal erzählte sie Alex von ihrem letzten Traum, den sie im Koma träumte. Schon vorher hatte sie ihm von Tara erzählt und was sie als Tara in den Träumen erlebt hatte. Nur den allerletzten Traum und ihr größtes Geheimnis hatte sie ihm bisher verschwiegen. Jetzt gab sie wieder, was sie gehört und gesehen hatte.

„Tanja, meine ferne Nachfahrin, es wird Zeit für dich! Erwache!"

„Wer bist du? Und warum nennst du mich Tanja?"

„Weil du Tanja bist. Ich bin Taras Mutter und zeige dir, wie mein Kind, deine Urururgroßmutter lebte und wen sie liebte. Tara begegnete einem Jäger, wusste aber nichts von ihnen, da ich es ihr nicht beibringen konnte. Nun weißt du, wie das Jägergen in deine Erbsubstanz gelangen konnte und dein Gehirn-muster anders aussehen lässt."

Das Äußere der Frau veränderte sich und nahm das Aussehen verschiedener Frauen an. Auch ihre Stimme veränderte sich, als sie fortfuhr.

„In dir zeigt sich das Erbe des Jägers wieder stark und in voller Reinheit, so, wie es schon einmal bei einer Nachfahrin von uns durchbrach. Sie verschrieb sich der schwarzen Magie und half den Jägern, Hexen zu töten.

Doch sorge dich nicht. Das heißt nicht, dass du ein böses Erbe in dir trägst und böse werden musst! Es liegt an dir und an dem, was du daraus machst! Nutze deine Fähigkeiten zum Guten, mein Kind! Wir alle, deine Vorfahren mütterlicherseits, sind im Geiste bei dir, auch wenn unsere Körper längst vergangen sind.

Und nun erwache und heile dich selbst!"

„Jetzt weißt du, dass ich halb Jägerin bin", sagte Tanja mit banger Stimme zu Alex, als sie fertig erzählt hatte. „Hältst du mich nun für ein Monster?"

Alex musste erst einmal verdauen, was er da gehört hatte. Es war beinahe unglaublich, zumal sie gelernt hatten, dass sich Jäger und Hexen nicht vereinigen konnten. Wenn ihm jemand anderes diese Story erzählt, würde er kein Wort glauben, doch Tanja glaubte er natürlich. Sie als Nachfahrin eines Kindes, das ein Jäger und eine Hexe gezeugt hatten! Aber für ein Monster hielt er sie natürlich nicht. „Aber nein, wie kommst du denn darauf? Du bist doch kein Monster! Du bist Tanja! Das Mädchen, das ich liebe." Er küsste sie und merkte, wie sie sich in seinen Armen entspannte. „Wer weiß davon? Von deinem Jägergen?"

„Adrian hat es als erster herausgefunden, schon vor meinem Traum. Sunny weiß es, Trixi und die Zwillinge wissen davon und natürlich meine Eltern. Sie hatten keine Ahnung, aber nun wissen sie es."

„Okay, in Ordnung. Aber das sind genug Leute, finde ich."

„Ja, finde ich auch."

„Jetzt ahne ich auch, warum du manchmal so zurückhaltend warst und ich den Eindruck hatte, du hältst mich auf Distanz. Das kann doch nur damit zusammenhängen, oder?"

Tanja verzog eine Winzigkeit das Gesicht, aber Alex bemerkte es. „Wahrscheinlich", sagte sie knapp. Und dann widerstrebend: „Ja."

Er strich ihr über die Locken und schaute tief in ihre Augen, als könnte er darin alle Antworten auf seine Fragen lesen. „Was ist?"

„Ich wollte nicht, dass du mich für anders hältst und mich nicht mehr willst."

„Bist du verrückt? Ich will dich, ganz und gar, immer und ewig!"

„Ach, na ja, ich möchte doch einfach nur normal sein und mit dir zusammen sein. Keine Fähigkeiten, kein Kampf, kein Anderssein und ich will keine Angst vor Jägern haben müssen."

„Hey, das verstehe ich, geht mir doch genauso. Wir sind normal, normale Hexen. Und ob dein Jägergen wirklich etwas in dir bewirkt, ist doch gar nicht sicher. Vielleicht sorgt es nur für den graublauen Anteil in deinen Augen oder die hellen Augenbrauen und sonst nichts." Alex lächelte.

„Du bist süß, danke."

Der Mai war verregnet. Der Regen war schuld daran, dass sie den Samstagnachmittag drinnen bei einem Billardturnier verbrachten und nicht am See in der Sonne lagen oder nach Waren zum Eisessen gefahren waren.

Sie spielten ein Doppel. Tanja und er gegen Susa und Susi. Das taten sie oft und hatten viel Spaß dabei. Die Zwillinge waren würdige Gegner und die Siege verteilten sich fast gleichmäßig auf beide Spielparteien. Plötzlich kribbelte es in Alex' Nase. Er fühlte sich, sicher durch das Mistwetter begünstigt, schon seit einem Tag erkältet. Nun erschütterte ein Niesen seinen Körper und ein lautes „Hatschi!" entfuhr ihm.

„Mist!", rief Tanja laut und sah aus, als wollte sie das Queue auf den Billardtisch werfen. Durch sein Niesen hatte sie den Stoß vergeigt. „Verflixt und zugenäht! Musst du mich so erschrecken?", fuhr sie ihn an.

Die Zwillinge kicherten und betrachteten die weiße Kugel, die, sich drehend, ein kleines Stück über den grünen Filz taumelte.

Alex hob entschuldigend die Schultern und kramte in seiner Tasche nach einem Taschentuch. „Ich ..."

„Das kostet uns den Sieg! Vielen Dank!"

„Noch haben wir nicht verloren", murmelte er. Manchmal fühlte er sich von ihrem Temperament überrumpelt, aber das war zum Glück selten. Er wusste, dass sie ihm nicht wirklich böse sein konnte.

Susi, die jetzt an der Reihe war und die Spitze ihres Queues mit Kreide abrieb, lachte. „Oh, ich denke schon. Das war's für euch."

Sie klemmte das Kreidestück zwischen Mittelfinger und Handfläche ein, spreizte Daumen und Zeigefinger und schoss mit ihrer imaginären Pistole auf Tanja, dann pustete sie den nicht vor-handenen Pulverrauch weg. „Hasta la vista, baby!"

Tanja verdrehte die Augen und stieß Alex an. „Halte gefälligst Abstand." Nach einem Blick fragte sie: „Soll ich dich heilen?"

Sie war schon süß! Er schüttelte den Kopf. „Schon gut, es ist nur ein Schnupfen. Den muss man nicht heilen, der geht von allein wieder weg. Daran ist nur das Mistwetter schuld. Regen Ende Mai, wo es jetzt so schön warm sein könnte."

Als nächstes verriss Susi ihren Stoß und bekam Feuer von ihrer Schwester. Alex freute sich, nun waren sie wieder im Rennen, aber da meldete sich Tanjas Handy. Verwundert zog sie es aus ihrer Gesäßtasche und ging dran. Er glaubte zu hören, dass Sunny am anderen Ende war. Sie sagte anscheinend etwas Unerfreuliches.

„Was?" Tanja wurde blass und ihre Hand, die das Handy ans Ohr hielt, begann zu zittern.

„Was?", rief Tanja noch einmal. „In die Klinik? Wie geht es ihnen denn?"

Und dann: „Ich komme!"

Das klang gar nicht gut, fand Alex. Es klang, als sei jemand verletzt. Er streifte den Billardtisch und die Zwillinge mit einem Blick und sah Tanja an. „Was ist passiert? Wo gehst du hin? Wer ist in der Klinik?", fragte er. Auch Susi und Susa blickten Tanja fragend an.

„Tilla und Ron, sie wurden in Waren angegriffen und sind in die Müritzklinik gebracht worden. Ich soll mit Sunny mitkommen, zu ihnen. Ich muss los!"

„Ein Angriff? Jäger?", rief Alex. „Wie schwer sind sie verletzt?"

„Keine Ahnung! Ich weiß noch nichts weiter, nur, dass ich sofort kommen soll!"

„Können wir mitkommen?", fragte Susi.

„Nein, ich denke nicht. Ich muss los, bis später!" Und schon war sie aus dem Raum.

Alex sah verwundert die Zwillinge an. „Ich verstehe nur Bahnhof."

„Geht uns nicht anders", kam von Susi.

„Wir können nur abwarten. Ich hoffe, Tilla und Ron geht es gut", sagte Susa.

„Und was jetzt?" Alex sah auf den Billardtisch.

„Sollten wir uns beschäftigen und nicht grübeln.

Du brauchst einen Partner", meinte Susa.

„Na gut. Ich sehe mal nach, ob ich Adrian finde und frage ihn, ob er Lust hat, mit uns zu spielen." Alex ging Adrian suchen. Er fand ihn in der Bibliothek und zu viert spielten sie weiter.

Als Tanja irgendwann später in den Raum stürmte, stieß Adrian gerade mit dem Queue die weiße Kugel an. Durch Tanja irritiert, ging sein Stoß fehl und die weiße Kugel trudelte auf die schwarze zu, berührte sie und ließ sie in die Seitentasche rollen, wo sie mit einem leichten Poltern verschwand.

„Game over!", rief Susi. „Ihr habt verloren!" Dann fiel ihr Tanjas Hast auf. „Was ist los? Was ist mit Tilla und Ron?"

„Sie sind okay, mehr oder weniger", rief Tanja. „Aber es waren tatsächlich zwei Jäger, die sie angegriffen haben, und sie haben Tilla alles entzogen, was sie über mich weiß. Und wenn ich alles sage, meine ich ALLES!"

Vier Augenpaare sahen sie an, dann weiteten sie sich fast gleichzeitig, als jedem klar wurde, was Tanja damit sagen wollte.

„Ach du schei...be", entfuhr es Alex. Nicht nur, dass wirklich wieder Jäger aufgetaucht waren, nun wussten sie auch noch alles über Tanja. Das war nicht gut, gar nicht gut.

„Du sagst es", bestätigte Adrian.

„Und nun?", fragte Susa.

„Micha wartet draußen." Tanja sprach schnell und war in Eile. „Los komm, Alex, du kannst mitkommen. Wir müssen nach Berlin, zu mir nach

Hause und die Unterlagen meiner Oma sichern, in denen etwas über meine Vorfahren und vielleicht auch über meine Fähigkeiten und mein Jägererbe steht. Die Jäger wissen nun, was ich bin, wo ich gewohnt habe und dass es diese Papiere gibt."

„Oh man, das ist nicht gut. Das sollte ihnen nicht in die Hände fallen", sprach Alex jetzt aus, was er eben gedacht hatte. „Okay, ich komme mit. Wer ist Micha?"

„Herr Brauner, er fährt uns. Nun komm, wir müssen den Jägern zuvorkommen!"

„Wow! Na dann ... Passt auf euch auf!" Adrian sah ein wenig enttäuscht aus.

„Können wir mit...?", begann Susi, aber Tanja schüttelte den Kopf und zog Alex zur Tür. „Das geht leider nicht. Es ist schon ein Wunder, dass Sunny Alex und mich weglässt, aber ich konnte sie überreden und Brauner ist ja mit dabei. Wir drei sind genug, bleibt ihr hier."

„Tschüss", war alles, was Alex sagen konnte, dann musste er Tanja folgen. Er staunte auch, dass Sunny ihnen erlaubte, mit Brauner - Micha - nach Berlin zu fahren. Wenn er an Sunnys Stelle wäre, hätte er das nie erlaubt.

Drei Sekunden später saßen sie auf der Rückbank des Golfs und Brauner wandte kurz den Kopf. „Hi Alex, ich bin Micha."

„Hi, Herr - äh - Micha."

Der Lehrer düste los. Unterwegs quetschte er Tanja aus und wusste bald eine Menge mehr über sie. Auch den Überfall auf das Internat durch die Jäger gingen sie noch einmal durch. Alex hörte die meiste Zeit nur zu. Als Brauners Neugier gestillt war, sah Alex seine Chance gekommen, mehr über die Jäger zu erfahren. Im Unterricht lernten sie nur, wie es zu den Hexen und Jägern gekommen war, wie man Jäger erkannte und bekämpfte, wie die Feindschaft zwischen beiden Parteien entstand und dass der Krieg noch lange andauern konnte. Doch über aktuelle Kämpfe, über das Leben der Jäger selbst, lernten sie nichts. Das war sehr unbefriedigend für Alex, der auch in der Bibliothek kaum etwas über die Jäger fand. Über Hexer und Hexen gab es Bücher, über Jäger nicht. Das fand er seltsam.

„Es heißt doch, Jäger seien Einzelgänger, sie wären gefühlskalt und gingen keinerlei Bindungen ein. Jetzt haben aber schon wieder zwei Jäger gemeinsam einen Angriff verübt. Auch beim Überfall auf das Internat waren es mehrere Jäger, nämlich vier, die sich zusammengeschlossen hatten und als Gruppe kämpften. Wie kann das sein?", fragte er.

„Genau das versucht die WWWF herauszufinden", sagte Brauner.

„Mein Vater wurde auch von zwei Jägern angegriffen", schaltete sich Tanja ein. „Ich glaube, man sagt uns nicht alles, was über sie bekannt ist."

„Den Eindruck habe ich auch." Michael wirkte nachdenklich.

„Wir erfahren nichts Aktuelles, immer nur Ausflüchte und den Satz, dass wir uns nicht zu sorgen brauchten."

Alex nickte heftig zu Tanjas Worten.

„Ich weiß aber auch nicht mehr", gab der Lehrer jetzt zu. „Meine Fragen in diese Richtungen werden abgewiegelt oder ausweichend beantwortet. Da geht es mir wie euch. Ich habe mit Sunny darüber geredet und sie glaubt, dass der Krieg mit den Jägern eine neue Qualität erreicht und sich immer öfter Jäger organisieren und in Gruppen zusammenschließen. Aber selbst sie hat keine Antworten von der WWWF dazu bekommen. Wir halten das alles für höchst beunruhigend. Aber erzählt das nicht im Internat herum, ja?"

Angekommen, schaute Alex sich neugierig um. Hier also hatte Tanja gewohnt. Es war eine Straße mit schon in die Jahre gekommenen Altneubauten. Um die Ecke lag eine große Parkanlage, an der sie vorbeigekommen waren. Sie gingen in den Keller und fanden die Unterlagen und Papiere, die Tanja suchte, doch als sie wieder verschwinden wollten, lief Tanja nach oben, in ihre Wohnung. Alex sah zu Brauner, der einen Fluch zwischen den Zähnen zerkaute. Als sie noch überlegten, hier auf Tanja zu warten, ihr zu folgen oder schon zum Wagen zu gehen, öffnete sich plötzlich die Haustür und zwei Männer kamen herein. Sie stutzten, als sie Brauner und Alex bemerkten, zeigten aber eine kurze Reaktionszeit. Es waren Profis, im Kampf ausgebildet. Sofort griffen sie an und Alex konnte nur noch schnell bei einem das Gehirnmuster checken - ein Jäger!

Brauner bekam einen Stoß und flog gegen die Briefkästen, dass es schepperte. Mit der Schulter drückte er eine der Blechtürchen nach innen und eine kostenlose Zeitung flatterte zu Boden. Brauner federte zurück und riss den Fuß hoch. Er traf den

Jäger in den Unterleib.

„Ahhh!" Das war der Schrei des Jägers. Der andere ließ eine Feuerkugel in seiner Handfläche entstehen und schleuderte sie auf Alex, der sich überrascht, aber reaktionsschnell wegduckte. Der Feuerball raste knapp über seinen Kopf hinweg und zog eine Spur heißer Luft hinter sich her, die Alex deutlich spürte. Dann schoss sie gegen das Geländer, prallte ab und jagte die Treppe nach oben. Dort krachte eine Tür ins Schloss, dann kam Tanja die Hälfte der Stufen herabgelaufen.

Eine neue Feuerkugel, diesmal von dem anderen Jäger, zischte auf Brauner zu, der gerade noch ausweichen konnte. Scheppernd schlug sie in die Briefkästen ein. Zugleich landete ein Faustschlag Brauners im Gesicht des fremden Mannes. Der steckte den Schlag weg, schüttelte den Kopf, um ihn wieder klar zu bekommen und bemerkte jetzt Tanja.

„Die Mischhexe!", rief er und sein Blick suchte seinen Kameraden.

Alex stand vor dem zweiten Jäger, der am Boden lag. Er sah aus wie ein Mann, Ende Zwanzig, kräftig, dunkelhaarig, in Jeans und Jacke gekleidet. Sein Gesicht war verzerrt und blau angelaufen. Alex setzte seine Fähigkeit ein und entzog dem Jäger die Luft zum Atmen. Dem Mann traten die Augen aus den Höhlen, die wild umherblickten und seinen Partner suchten. Er kämpfte gegen Alex' Beeinflussung an und er kämpfte um Luft zum Atmen, doch bei beidem schien er wenig bis keinen Erfolg zu haben.

Der Karton mit den Papieren lag aufgeplatzt am Boden und lose Blätter lagen verstreut herum. Ein

Papier zierte ein dunkler Fußabdruck, ein anderes war von einem Tritt geknickt. Der stehende Jäger verstärkte jetzt seine Anstrengungen. Er sah, dass es nur noch an ihm lag, einen Sieg zu erringen und die Unterlagen zu bekommen. Wie es aussah, hätte er dazu auch gern die zwei Hexer und die Mischhexe Tanja tot gesehen. Er gab Brauner einen Stoß, der diesen zurückwarf, dann raste auch schon eine neue Feuerkugel ihrem Ziel entgegen. Und das Ziel war Tanja!

Alex stockte der Atem und ein spitzer Nagel stach in sein Hirn. Er konnte nichts tun, um Tanja zu helfen! Ihm blieb keine Zeit zum Reagieren und ihr bestimmt auch nicht. Sie schaute mit weit aufgerissenen Augen dem Feuerball entgegen. Doch plötzlich und blitzschnell hob sie abwehrend die Hand. Gerade noch rechtzeitig. Das Geschoss prallte gegen ihre Handfläche und wurde zurückgeworfen.

Alex keuchte erleichtert auf. Im gleichen Augenblick erwischte den Jäger ein Fußkick. Brauner beherrschte auch Karate! Den Jäger riss es nach hinten und die von Tanja reflektierte Feuerkugel traf die Wand, wo er eben noch gestanden hatte. Ein Sternenregen explodierte am Mauerwerk. Alex war einen Moment lang geblendet und verwirrt. Diesen Bruchteil einer Sekunde nutzte der Jäger, den Brauners Fußtritt an der Hüfte erwischt hatte. Er schleuderte aus seiner Faust eine weitere Feuerkugel, die Tanja jedoch knapp verfehlte. Gleichzeitig riss er seinen halb erstickten Partner hoch und stieß ihn gegen die Haustür und nach draußen.

Tanja keuchte auf, rannte den Rest der Treppe nach unten und ebenfalls zur Haustür. Vorsichtig öffnete sie sie und spähte hinaus, doch die Kerle waren weg. Brauner, dicht hinter ihr, keuchte. „Verdammt, sie sind abgehauen."

„Sollen wir hinterher?", fragte Alex, der sich jetzt wieder okay fühlte. Er war bereit, die verdammten Jäger zu verfolgen, aus ihnen die Gejagten zu machen und sie zur Strecke zu bringen. Wer Tanja angriff, musste mit dem Schlimmsten rechnen!

„Nein, das lohnt sich nicht. Sie sind zu schnell und falls noch mehr von ihnen da draußen sind, kommen wir vielleicht nicht nochmal so gut davon wie eben. Tanja?"

„Ja?"

„Bist du in Ordnung? Der Feuerball ..."

„Ich bin okay. Ja, der Feuerball ...", sie sprach ebenfalls nicht weiter.

„Egal, dafür haben wir später Zeit!", rief Brauner. „Los, sammeln wir die Papiere auf und dann nichts wie ab ins Auto und zurück zum Internat!"

„Na gut", murmelte Alex. „Dann ein andermal."

Sie sammelten alles ein und Tanja holte ihre Sachen von den Treppenstufen, wo sie sie hatte fallen lassen, dann gingen sie schnell zum Golf und stiegen ein.

Auf der Rückfahrt, sie hatten kaum die Stadtautobahn in Höhe des Flughafens Tegel erreicht, wo sie links Flugzeuge stehen sahen, rief Sunny erneut an. Tanja berichtete ihr von dem Zusammenstoß mit den Jägern. Dann gab sie wieder, was Sunny gesagt hatte. Die Direktorin war über den Zwischenfall nicht erfreut, musste sie nun doch die WWWF informieren und ihren Ausflug beichten.

Eine Zeitlang fuhren sie schweigend.

„Du hast dich gut gehalten", lobte dann Brauner Alex. „Und du gehst gut mit deiner Fähigkeit um. Bestimmt wirst du mal ein guter Kämpfer."

Sein Blick suchte im Rückspiegel Tanja. „Und du hast leichtsinnig gehandelt", tadelte er sie. „War es unbedingt nötig, wegen ein paar Klamotten und einem Bild nach oben in die Wohnung zu gehen? Ohne den Abstecher wären wir schon wieder im Auto gewesen, als die Jäger auftauchten und es hätte nicht zum Kampf kommen müssen, der auch ganz anders hätte ausgehen können."

„Ja, ich weiß. Tut mir leid, Michael." Tanja klang zerknirscht.

„Na ja, nun ist es nicht mehr zu ändern. Aber sag uns doch mal, wie du das Feuergeschoss des Jägers zurückwerfen konntest."

„Stimmt! Das hast du schon mal gemacht! Beim Überfall auf das Internat!", erinnerte sich Alex jetzt und schaute Tanja überrascht an. „Wie viele Fähigkeiten hast du denn noch?", wunderte er sich.

„Ich weiß es nicht! Ich wusste auch nicht, ob es wieder klappen würde. Ich habe wie schon beim ersten Mal automatisch die Hand ausgestreckt. Abwehrend. Ich habe keine Ahnung, wie es funktioniert, ehrlich!"

„An deiner Hand ist nichts zu sehen?", sorgte sich Brauner.

„Nein, alles ist normal."

Nachdenklich fragte der Lehrer: „Und wie fühlst du dich sonst so? Mal ganz allgemein gesagt? Ich meine, wo du doch ein halber Jäger bist?"

Alex zog zischend die Luft zwischen seinen zusammengebissenen Zähnen ein. Tanja antwortete schnell, bevor er etwas sagen konnte. „Ich bin kein halber Jäger, ich trage nur ein oder mehrere Gene in mir, da eine ferne Vorfahrin von mir das Kind einer Hexe und eines Jägers ist. Alle zehn Generationen treten bestimmte vererbte Eigenschaften verstärkt wieder auf und ich bin anscheinend die zwanzigste Generation nach diesem Kind. Das steht aber noch nicht fest. Ich fühle mich ganz normal wie jeder andere auch und meine Eltern wussten bis vor Kurzem gar nichts von dieser Sache. Es soll auch nicht jeder erfahren, da ich nicht als Versuchskaninchen in irgendeinem Labor enden will." Sie hatte bestimmt gesprochen und so resolut geendet, dass Brauner klar sein sollte, dass sie nicht weiter darüber sprechen mochte.

„Aha, verstehe. Mir war nicht bekannt, dass Hexen und Jäger sich, nun ja, vereinigen und Kinder zeugen können."

„Das soll auch nicht möglich sein, da die verschiedene Magie in Hexen und Jägern das verhindert", sagte Alex. „Aber es scheint doch zu klappen."

„Ich verstehe jetzt, dass nichts davon bekannt ist. Ich glaube nun auch, das alles sollte nicht an die große Glocke gehängt werden", murmelte Brauner mit gerunzelter Stirn. Nachdenklich sah er nach vorn auf die Autobahn.

In Sunnys Büro trafen sie die Direktorin, als sie am Abend ankamen. Die Zwillinge erschienen auch. Jetzt kam Brauner zu Wort und berichtete, wie sie die Unterlagen gefunden, mit den Jägern zusammen- gestoßen und sie vertrieben hatten. Ein paar Minuten rätselten sie über die Jäger, dann berichtete Sunny, dass sie mit Tanjas Eltern tele-foniert hatte. Sie könnten zur Zeit nicht aus Miersch, dem europäischen Hauptquartier der WWWF in Luxemburg weg, wo sie seit einigen Wochen arbeiteten und lebten, da Tanjas Ma beziehungsweise ihre Fähigkeit des Heilens intensiv erforscht werde. Dass sie ein rezessives Jägergen in sich trug, war bis jetzt noch nicht entdeckt worden. Auch ihr Gehirnmuster zeigte nur so geringfügige Abwei-chungen von denen anderer Hexen, dass es bisher nicht aufgefallen sei. Die Untersuchungen erstreckten sich hauptsächlich auf ihre Fähigkeit des Heilens. Sie hatte Sunny erzählt, dass die WWWF auch an Tanja interessiert wäre, da auch sie heilen konnte. Doch sie setze alles daran, zu verhindern, dass Tanja zwecks Untersuchungen zur WWWF gebracht wurde oder von ihr abgeholt wurde. Aber es konnte schnell ernst werden, wenn die WWWF mit ihr, Simone, nicht weiterkam und keine Ergebnisse erzielte.

Tanja erschrak. „Ich lasse mich nicht wie ein Versuchskaninchen untersuchen!", rief sie erbost. „Wenn sie kommen, um mich zu holen, haue ich ab und verstecke mich irgendwo!"

Alex hatte mit Schrecken zugehört und schlug sich auf Tanjas Seite. „Wenn du abhaust, komme ich mit. Ich lasse dich nicht allein."

Tanja schenkte ihm ein Lächeln und wollte etwas

sagen, doch Sunny schnitt ihr das Wort ab. „Schluss jetzt damit!" Sie wechselte das Thema. „Zeigt mal den Karton her, was sind denn das nun für Unterlagen?"

Die Zwillinge, die bisher ebenfalls nicht zu Wort gekommen waren und etwas zu Tanja sagen wollten, schwenkten sofort um. Ihre Neugier war zu groß. „Ja, zeig doch mal!", rief Susi.

„Genau! Mensch, bin ich gespannt!" Susa beugte sich näher über den Tisch.

„Abhauen ist nie DIE Lösung", gab Brauner seinen pädagogischen Beitrag dazu, doch es hörte ihm keiner zu. Alle starrten auf den Karton mit der aufgeplatzten Seite, den Tanja jetzt öffnete. Sie holte einen Stoß Unterlagen heraus und ein Buch im A5-Format, dessen Ledereinband nahezu schwarz geworden war und das sich leicht wellte. Flecken verunzierten die matte Oberfläche des Einbandes, der sich wölbte.

Sie fanden Unterlagen, Zeitungsausschnitte, die Geburtsurkunde von Tanjas Oma und ein altes, in speckiges Leder eingebundenes Buch, das uralt aussah.

„Mach mal auf!" Susa zappelte vor Aufregung und Neugier hin und her.

„Aber vorsichtig!", wies Sunny an.

„Ich glaube ..." Brauner wollte sagen, dass dies vielleicht keine so gute Idee wäre, doch es war schon zu spät. Tanja öffnete den Einband. Das alte, starre Leder knarrte wie eine Holztür. Dann wollte Tanja die erste unbedruckte Seite öffnen, doch sie brach einfach ab. Das Papier, wenn es sich um Papier handelte, war so morsch und brüchig wie alte ausgetrocknete Baumrinde.

„Huch!", entfuhr es Tanja.

Darunter kam auf der zweiten, vergilbten und fleckigen Seite fast völlig verblichene Schrift zum Vorschein. Die ausgebleichte Tinte hatte sich mit dem nachgedunkelten Papier vermischt und kaum noch sichtbar. Jeder stöhnte auf, machte „Ah" oder „Oh". Brauner hielt Tanjas Hand fest, damit sie nicht versuchte, noch eine Seite umzublättern und diese womöglich auch abbrach.

„Das ist zu alt, das geht so nicht. Wir zerstören nur das Buch. Es scheint eine Art Tagebuch zu sein, so, wie es beschrieben ist", sagte er.

„Ja", gab Sunny ihm Recht. „Die Schrift ist ausgeblichen und stark verschnörkelt. So wie sie aussieht, könnte es Altdeutsch sein. Ich kann alte Schriften ein wenig lesen, ist ja kein Wunder bei meinem Alter", sie lachte kurz, „aber hier muss ein Experte ran." Sie sah in die Runde. „Wir sollten den Fund gut einpacken und ich versuche, einen Professor zu finden, der sich mit alten Schriften auskennt. Er soll das Buch lesbar machen."

„Och, schade, ich bin so neugierig, was da drin steht ..." Susi sah traurig aus, aber mit dem Buch kamen sie nicht weiter, es war zu brüchig.

„Okay, Leute, das war's für heute. Jetzt noch länger in den Papieren zu kramen, bringt nichts", entschied Sunny. „Wenn ihr euch beeilt, bekommt ihr noch etwas zu Essen. Und dann geht es bald ins Bett, es war ein langer Tag. Morgen sehen wir uns wieder, einverstanden?"

Sie gingen - ohne Sunny und Micha - in die Mensa, ließen sich von der Küchenhilfe Svenja etwas zu Essen bringen und rätselten noch ein wenig herum, doch Tanja gab ihnen ein Zeichen, da Svenja auffällig die Ohren spitzte. So verzogen sie sich in Tillas und Tanjas Zimmer und redeten dort weiter.

Alex verabschiedete sich bald. Tanja brachte ihn auf den Gang, wo sie sich einen langen Gute-Nacht-Kuss gaben. Alex umarmte Tanja fest und schmiegte seinen ganzen Körper an ihren. „Jetzt weiß ich, wo du wohnst. Schöne Gegend. In Berlin war ich nur einmal, am Alex natürlich und Potsdamer Platz."

Tanja schmunzelte. „Ja, wie alle Touris eben. Aber immerhin warst du in meiner Stadt. Ich kenne deine gar nicht."

„Das werden wir ändern." Alex küsste sie erneut und sah Tanja prüfend an. „Du warst in deinem Zuhause, in eurer Wohnung. Geht's dir gut? Jetzt vermisst du deine Eltern noch mehr, oder?"

Tanja schmiegte sich fest an seinen Körper. „Es war ein komisches Gefühl, wieder dort zu sein. Und niemand war da, nur die Hausschuhe. Es sah aus, als kämen Ma und Pa gleich heim, als wären sie nur kurz einkaufen. Aber die Wohnung war leer und niemand kam zurück. Ich sah mein Zimmer, meinen Schreibtisch, mein Bett. Und den Computer. Beinahe hätte ich ihn angemacht und mal bei Facebook vorbeigeschaut." Sie lächelte leicht wehmütig. „Und ich musste an meine beste Freundin denken. Ex-beste Freundin."

Tanja sah auf einmal traurig und verletzlich aus, sie wirkte gleich vier Jahre jünger und weckte in Alex ein starkes Beschützerempfinden. Er strich über ihre dichten Locken. „Du hast neue Freunde gefunden."

„Ja, ich weiß. Mein Zimmer, mein Computer ... Beinahe hätte ich ihn angeschaltet, ja, aber was soll das bringen? Ich kann niemandem sagen, wer ich bin, was ich bin. Es ist mein altes Leben, das ich abgestreift habe, wie ... wie ..."

„Wie eine Schlange ihre Haut", vervollständigte Alex.

„Ja!" Jetzt lachte Tanja. „Du bist mein Zusatzgehirn." Sie lachte und küsste ihn.

„Bist du okay?", fragte Alex noch einmal.

Sie nickte. „Ja, alles ist okay. Mach dir keine Gedanken, keine Sorgen, alles ist gut. Schlaf schön, mein Held. Du hast heute gut gekämpft. Wie immer."

Nach dem Sonntagmorgenfrühstück trafen sie wieder in Sunnys Büro zusammen. Trixi, als Tanjas Freundin war mit dabei. Sunny berichtete, dass sie am Abend vorher noch mit einem Professor telefoniert hatte, der antike Schriften untersuchte, Papyrus und alte Bücher präparierte, Altdeutsch und Latein beherrschte. Er wollte sich des Buches annehmen, es lesbar machen und eventuell übersetzen. Sie würde es ihm per Boten, wahrscheinlich durch Thomas oder einen Wachmann, zukommen lassen.

Sunny erzählte weiter, dass sie die erste Seite des Buches entziffern konnte und las ihre Aufzeichnung vor. Das Buch war tatsächlich eine Art Tagebuch und aus dem Jahre 1640.

Sie las: *„Ich, Hartmut von der Geißenweide, bin nun ein alter Mann und am Ende meines langen Lebensweges angekommen. Ich habe den grausamen Krieg überlebt, doch ob ich noch einen weiteren Winter überstehen werde, ist wenig wahrscheinlich."*

Jetzt war es Tanja, die unterbrach. „Was, das ist von Hartmut? Das ist doch der Jäger, der mit Tara ..."

„Erstaunlich", murmelte Brauner.

„Was für einen Krieg meint er?", fragte Susa.

„Das kann nur der Dreißigjährige Krieg sein!", zeigte Tilla, wie groß ihr Wissen war. „Lies doch weiter!"

„Ich möchte hier in diesem Buch mein ungewöhnliches Leben für meine Tochter und für die Nachwelt festhalten", jetzt unterbrach sich Sunny selbst. „Ich habe es in normales Deutsch gebracht, der Text in Altdeutsch klingt natürlich etwas anders, so, wie eben die Leute früher gesprochen und geschrieben haben, das ist euch doch klar?"

„Glasklar." Alex hatte die Augen halb geschlossen und schien mit dem Schlaf zu kämpfen.

„Okay, weiter geht's. *Nachdem meine vermögenden Eltern an der Pest verschieden waren und meine Tante mich verstieß, lebte ich in Armut auf den Straßen und Gassen von Bernau. Meine Eltern sagten immer zu mir, wir wären etwas besonderes, wir wären Jäger. Doch was genau wir jagen sollten, das erzählten sie mir nicht. Für mich wurde diese Jagd nach ihrem Tod zu einer Jagd ums Überleben.*

Eines Tages, ich war ungefähr einundzwanzig Jahre alt, wenn ich mich recht erinnere, geriet ich in einer Gasse an einen Raufbold, der mich verletzte. Ich lag am Boden, gekrümmt von

Schmerzen und wäre sicherlich gestorben, als ein wunderschönes Mädchen auf mich aufmerksam wurde. Sie nahm sich meiner an und ließ meine Verletzung verschwinden. Dann nahm sie mich mit sich und brachte mich in ihr kleines Häuschen. Ich konnte nicht begreifen, wie ich, nur durch die Berührung ihrer Hand, gesunden konnte, aber ich hielt sie nicht für eine Hexe. Sie konnte nicht schlecht oder gar böse sein, dafür glich sie viel zu sehr einem Engel. Ihr Haar war ...

Hier ist die Seite zu Ende." Sunny lehnte sich in ihrem Sessel zurück und sah auf.

„Oh Gott, nein!", stöhnte Susa. „Gerade jetzt, wo es spannend wird. Meint er Tara mit dem schönen Mädchen?"

„Das ist doch klar", sagte Trixi. „Wann kann der Professor uns den Rest des Textes geben?"

„Er wohnt in Hamburg. Ich werde morgen jemanden, wahrscheinlich Thomas, mit dem Buch hinschicken. Dann dauert es aber ein paar Wochen, bis wir ein Ergebnis bekommen, sagte mir der Professor."

Die Zwillinge stöhnten und drückten aus, was alle dachten: so lange warten.

In der Schule loderten Gerüchte auf, weil Tanja und Alex einen Tag verschwunden waren, aber Alex kümmerte sich nicht weiter darum. Er hatte am Sonntag ein Vorbereitungsspiel. Das Turnier mit der Hotelmannschaft hatte diese abgesagt, aber Mike kümmerte sich mit Sunnys Unterstützung um die Möglichkeit, sich mit anderen Internaten oder Schulen auf dem Fußballfeld zu messen. Er wollte seine Leute in Bestform bringen und gewappnet sein, wenn sich ein Freundschaftsspiel ergab. Um Ärger zu vermeiden oder wenigstens zu mindern, hatte Mike Alex und Jens in eine Mannschaft gesteckt. Das hatte schon einige Male geklappt und mit der Zeit gelang es den beiden, zusammen und nicht gegeneinander zu spielen. Jens spielte auch jetzt hart, er schrie, wenn Alex den Ball länger als nötig behielt oder sich nicht schnell genug freilief. Jens war ein guter Spieler und Mike hatte dessen Potential erkannt. Er sah auch Jens' Führungsqualitäten, was dem Jungen im Weg stand, um aufzusteigen, war seine Unbeherrschtheit. Alex spielte auch gut, aber zu defensiv, zu zurückhaltend und er war zu nachgiebig, um andere führen zu können. Mike wünschte sich einen Jungen, der Alex und Jens' Eigenschaften in sich vereinte, das wäre der Superspieler, der es bis in die Nationalmannschaft schaffen würde und später Bundestrainer werden könnte.

Am Abend traf Alex sich mit Tanja zu einem Spaziergang über das Gelände. „Wie geht es dir? Geht es dir wirklich gut?", fragte er ganz direkt und sah Tanja tief in die Augen.

„Ja, es geht mir gut. Nicht sausupertoll, aber ich bin okay." Sie küsste ihn und sie gingen weiter.

„Ich sorge mich um meine Ma, ich will nicht, dass sie von der WWWF oder von anderen untersucht wird und ich hoffe, nicht selbst in einem Labor zu landen, wo man mein Jägergen erforschen will, oder meine Heilfähigkeit." Sie schüttelte sich, hakte sich bei ihm ein und drängte ihren Körper dicht an seinen. „Weißt du, ich habe Angst, dass das Jägergen in mir durchbricht und ich auf einmal Hexen oder Hexer töten will."

„Echt?", fragte Alex erstaunt. „Das glaube ich nicht. Wie soll das gehen?"

„Keine Ahnung. Aber wenn es passiert, dann stoppe mich und bringe mich mit viel Liebe wieder auf den richtigen Weg, ja?"

„Das mache ich."

„Versprich mir, das zu tun und mich nicht fallen zu lassen oder abzuschreiben!" Sie löste sich von ihm, machte einen schnellen Schritt und stand ihm gegenüber. Ihre Arme umschlangen Alex, als wollte sie ihn niemals wieder loslassen. Wie magnetisch angezogen, näherten sich ihre Gesichter und ihre Lippen berührten sich zu einem sanften Kuss, der immer fester und fordernder wurde. Heiß und mit Zunge küssten sie sich und streichelten sich gegenseitig. Alex wurde es mehr als warm.

Als sie weitergingen, sagte Tanja, jetzt wieder in normalem Ton: „Trixi hat mit mir geredet. Sie hat mich über uns ausgefragt und sie hat gesagt, sie findet Ben süß. Ich glaube, sie würden ein gutes Paar abgeben."

„Hm, ja."

„Sie hat mich gefragt, ob ich nun Gedanken lesen kann. Ich konnte sie beruhigen, ich kann es nicht. Dir will ich auch noch mal sagen, dass ich es nicht kann. Ich weiß, dass viele Probleme mit mir hätten, wenn ich es könnte und bin froh darüber, wie es ist. Du erinnerst dich sicher noch, wie die Zwillinge gemieden wurden, als rauskam, dass sie Gedanken lesen können?"

„Klar erinnere ich mich und ich fühlte mich anfangs auch komisch in ihrer Nähe. Aber jetzt ist es mir egal und bei dir wäre es mir auch egal. - Glaube ich." Alex lachte, doch Tanja stimmte nicht mit ein.

„Da bin ich mir nicht sicher. Ich find diese Gabe interessant und zu Susi und Susa passt sie auch, aber ich möchte sie nicht haben. Deshalb übe ich auch nicht mehr, Gedanken zu empfangen oder zu senden. Ich will nicht wissen, was andere denken und ich will nicht in deinem Kopf lesen, dass du an Fußball denkst, wenn wir uns küssen. Oder an Jennifer Lopez."

Alex lachte wieder. „Die ist hübsch, ja, aber sie ist mir viel zu alt."

„Ja, das klingt jetzt lustig, aber ich finde es gar nicht lustig."

„Hey, du wirst damit schon klarkommen. Wenn sich die Fähigkeit nicht weiter entwickelt, ist alles gut und wenn doch, wirst du auch nichts daran ändern können und musst damit leben. Ich stehe zu dir und werde nie meine Gedanken vor dir verstecken, okay?"

„Okay."

Sie schlenderten weiter und im hinteren Teil des Geländes zeigte Tanja auf eine Birke, in deren Krone ein Nest hing. „Werden wir mal Kinder haben? Oder wird unser Leben nur aus Kampf bestehen?" Jetzt klang sie traurig.

„Also ich will elf! Elf Jungs, damit ich meine eigene Fußballelf habe."

Tanja lachte und Alex war froh, es geschafft zu haben, sie aufzumuntern.

„Mach dir nicht den Kopf voll mit solchen Gedanken, ja? Wir werden heiraten und ein, zwei Kinder haben. Wir werden Jäger bekämpfen, aber auch ruhige Zeiten voller Liebe haben."

„Das hast du schön gesagt. Es klang, als würde es genau so passieren, wie du gesagt hast."

In den nächsten Tagen musste Tanja Tilla trösten, bei der es mit Ron kriselte. Ron hatte schon seine Sachen gepackt und wollte nach Hause. Seine Eltern verstanden nicht, was ihn dazu bewegte und verboten es ihm. Sie teilten das auch Sunny mit, die daraufhin ihn nicht gehen ließ, was seine Laune weiter verschlechterte. Trixi wollte sie überreden, mit ihr am Wochenende ins Kino zu fahren, obwohl Sunny nicht mochte, dass die Schüler das Internat verließen. Trixi meinte, mal aus dem Internat heraus zu wollen. Tanja hatte wenig Lust, einerseits verstand sie Sunny, die sich um ihre Schüler sorgte und sie lieber im Internat wusste, andererseits wollte sie selber raus. Sie hatte Sehnsucht nach ihren Eltern und Sunny gefragt, ob sie sie besuchen dürfe. Sie hoffte, dass Sunny es ihr erlaubte.

Eines Abends kam sie zu Alex' Zimmer und klopfte. Adrian öffnete. „Hi Tanja, Alex ist im Bad." Er grinste. „Wir sehen uns immer, wenn ich am Gehen bin."

„Dir auch ein Hi. Du bist eben immer auf dem Sprung. Rufen die Bücher wieder?"

„Ja, die rufen ständig! Also, bis zum nächsten Mal", dann verschwand er zur Bibliothek.

Alex kam und nahm sie in die Arme. „Hi", flüsterte er ihr ins Ohr und küsste erst ihr Haar, dann die weichen Lippen.

„Hey. Ich hab' mir gerade überlegt, dass wir doch auch mal was mit Adrian machen könnten, was denkst du?"

„Ja, warum nicht?" Es interessierte ihn im Moment wie Schnee in China.

„Wie hat er sich denn beim Billard angestellt, als er mich vertreten hat?"

„Ach, ganz gut, auch wenn er erst nicht wollte. Er tat so, als hätte er etwas Besseres vor, doch dann hat es ihm Spaß gemacht, das war klar zu sehen.

Vielleicht ist er wirklich ein wenig einsam."

„Ja, ich glaube, er spielt den Coolen nur. Spielen wir jetzt was? Wieder Billard?"

„Erst will ich noch mehr von den Dingern ..." Alex küsste sie erneut, umschlang sie wie ein Ertrinkender und strich dann ihre roten Locken weg, um ein Ohr freizulegen. „Ich liebe dich, Tanja", flüsterte er heiser.

„Wow, das ist ..."

„Sag nichts." Sie sollte bloß nichts Übereiltes sagen, was sie dann bereute. Außerdem wollte er ihr erst sein Geschenk überreichen. Er kramte in seiner Hosentasche und holte den Stein heraus. Bei einem seiner einsamen Spaziergänge am See entlang hatte er ihn gefunden und eingesteckt. Heute früh kam er ihm wieder in den Sinn und eine gute Idee in Verbindung mit dem Stein obendrein. „Hier, das habe ich am Ufer gefunden. Es ist nicht wirklich selten, aber hier in dieser Gegend kommt es eigentlich nicht vor. Man findet so etwas an der Ostsee."

„Was ist das?", fragte Tanja gespannt und hielt die Hand hin. Alex legte einen flachen und vom Wasser abgerundeten Stein auf ihre Handfläche, der fast genau in der Mitte ein Loch aufwies.

„Das ist ein Hühnergott. Kennst du das?"

„Was? Nein." Sie musste lachen und bewunderte das Stück. „Das ist schön, danke. Was ist ein Hühnergott? Sag jetzt nicht, das ist ein Stein mit einem Loch drin." Sie lachte abermals.

Alex musste auch grinsen. „Man hat solche Steine früher als Amulette gegen böse Geister getragen. An einer Kette oder eher an einem Lederband, um den Hals."

„Danke." Zum Dank gab es Küsse, dann machten sie sich auf, zurück in den Mädchenflügel, um bei den Zwillingen anzuklopfen. Der Spielenachmittag war nicht geplant gewesen und sie wollten einfach probieren, ob Susi und Susa da waren und Lust auf eine oder zwei Runden Billard verspürten. Wenn nicht, war es auch gut. Doch sie hatten Glück, die Zwillinge waren in ihrem Zimmer und langweilten sich.

„Hey, super, dass ihr da seid, kommt rein!", rief Susi und riss die Tür weiter auf.

„Hallo Susi." Tanja bewies damit wieder einmal, genau zu wissen, wer von den Zwillingen wer war und zeigte damit auch Alex, wen er vor sich hatte.

Alex musste unwillkürlich grinsen, als sein Blick auf die Poster an der Wand fiel. Alle zeigen den Vampir Edward. Er kannte die Bilder bereits und wusste, wie sehr die beiden auf den Typen aus Twilight standen, zum Grinsen brachte es ihn aber jedesmal aufs Neue. Er riss sich zusammen und fragte nach einem Spielchen. Die Zwillinge sagten erfreut zu.

„Hast du mein ‚Ja' empfangen?", fragte Susa Tanja, als sie den Schlossgang entlang liefen.

„Ja!", sagte Tanja verwundert. „Ich habe dir doch ein ‚Super' zurückgesendet."

„Echt? Das ist nicht angekommen."

„Nicht? Ach, es geht mal und dann geht es wieder nicht bei mir", sagte Tanja. „War das bei euch auch so? Muss ich mehr üben oder was?"

„Bei uns hat es fast von einem Tag auf den anderen funktioniert. Aber üben kann nie schaden."

Alex kannte die telepathische Fähigkeit der Zwillinge und wusste, dass Tanja auch ein wenig in dieser Richtung bewirken konnte, doch sie sprach fast nie mit ihm darüber, außer vor ein paar Tagen. Die Mädchen plauderten weiter, doch er hörte nicht mehr hin. Bis Tanja den Stein aus der Tasche zog.

„Hier, den hat mir Alex vorhin geschenkt. Schön, nicht? Das ist ein Hühnergott."

„Oh, schön, echt!" Susi war begeistert. „Ach, muss Liebe schön sein ...“

„Ja, ein Hühnergott. Die gibt es zu Millionen am Strand der Ostsee." Susa schien nicht beeindruckt zu sein.

„Nun sei nicht so unromantisch!", wies Susi ihre Schwester zurecht. „Dir fehlt echt ein Freund. Du wirst ja langsam selber zu einem Stein! Ich freu mich jedenfalls für Tanja."

„Soll ich mal mit meinen Kumpels reden? Vielleicht steht ja schon einer auf dich, Susa, und traut sich nur nicht, dich anzuquatschen?", scherzte Alex.

„Untersteh dich!", rief Susa.

„Ja, mach das!", rief Susi.

Sie lachten und erreichten das Billardzimmer. Ben, der allein mit den Kugeln geübt zu haben schien, stotterte etwas und räumte auf. Dann verschwand er so schnell, dass Tanja nicht dazu kam, ihn zu fragen, ob er mitspielen wollte.

Am übernächsten Morgen saß Alex erst allein beim Frühstück. Tanja saß an einem Tisch mit Trixi zusammen und redete mit ihr oder vielmehr redete Trixi, bis sie plötzlich aufsprang und ging. Tanja war mit ihrem Frühstück noch nicht fertig und kam mit dem Tablett zu Alex an den Tisch.

„Was wollte sie denn?", fragte er.

„Ach, Mädchenkram, weißt du?"

„Nee, weiß ich nicht." Er musste lachen und sie stimmte mit ein.

„Gut geschlafen?", fragte Tanja. „Du siehst etwas müde aus."

„Ach, ich bin nur paarmal aufgewacht in der Nacht, nichts weiter. Was hast du heute?"

„Wir fangen mit Deutsch an, todlangweilig, sage ich dir. Physik bei der März ist auch nicht besser, ich kapiere bei der nix, nada, null. Dann drei Stunden Mathe bei Brauner. Micha dürfen wir ja nicht mehr sagen, aber das will ich auch gar nicht mehr. Er nervt zu sehr."

Alex grinste und trank seinen Kaffee aus.

„Und du?", fragte Tanja.

„Heute ist Schuberttag. Erst Deutsch, dann Geschichte, dann Sozialkunde, bäh!"

Herr Schubert, ein älterer, rotblonder Herr, Hexer und typischer Lehrer in Anzug und Stock im Hintern, war berüchtigt für seinen knochentrockenen Unterricht. Aber diesen Tag überstand Alex auch. Am Abend saß er im Schneidersitz auf seinem Bett und diskutierte mit Adrian die Gehälter von Sportlern, speziell von Fußballern und über die Summen der Ablösezahlungen, die Vereine ausspuckten, als ein Klopfen sie unterbrach.

Adrian unterbrach sich und schaute erstaunt zur Tür. „Deine Süße? Will sie sich einen Gute-Nacht-Kuss abholen? Dann mach mal schnell auf!"

Alex hob die Schultern und stand auf. „Das wäre das erste Mal, aber ich hätte nichts dagegen." Er hatte seit dem Morgen Tanja nicht mehr gesehen und würde sich wirklich freuen, wenn sie es war, die vor der Tür stand. Er öffnete und sah fragend Tilla an.

„Ist Tanja bei dir?"

„Nö."

„Mist! Wo kann sie denn nur sein?", fragte Tilla. Jetzt spiegelte sich Besorgnis in ihrem Blick. „Um diese Zeit ist sie immer schon im Zimmer und liest."

Alex linste auf seine Uhr, halb zehn. „Hat sie was gesagt? Dass sie irgendwo hinwollte? Hast du schon im Fernsehraum und im Billardzimmer nachgesehen?"

„Ja! Sie ist nirgendwo. Und anrufen kann ich sie nicht, ihr Handy ist im Zimmer."

„Was ist denn los?", fragte Adrian und trat näher.

„Tanja ist verschwunden!", sagte Tilla aufgeregt. „Sie sagt sonst immer, wohin sie geht."

„Na, na, vielleicht wollte sie nur mal alleine sein, es ist ja erst halb zehn." Adrian verstand ihre Aufregung nicht.

„Du verstehst nicht. Sie hätte mir gesagt, wo sie ist, wenn sie abends nicht im Zimmer ist."

„Okay, okay, sehen wir mal nach." Alex zeigte auf den Gang. „Ich gehe noch mal alle öffentlichen Räume ab und frage auch ein paar Kumpel. Du guckst in die Bibliothek und in die Mensa", er zeigte auf Adrian. Dann wandte er sich wieder an Tilla. „Und du klopfst bei den Mädchenzimmern an, ob sie dort ist. In zehn Minuten treffen wir uns wieder hier." Er war nicht beunruhigt, schließlich war es nicht spätnachts und etliche Mitschüler waren noch nicht in ihren Zimmern, weil sie fern sahen, irgendwo miteinander quatschten, etwas spielten. Allerdings war das nicht Tanjas Art. Irgendwie verspürte er ein beklemmendes Gefühl bei dieser Sache.

Nach zehn Minuten trafen sie wieder zusammen, es gab keine Spur von Tanja. Alex war sogar bis zum See gerannt und hatte nach Tanja gerufen, weil er dachte, dass sie vielleicht allein sein wollte und am See eine Runde drehte, doch nichts.

Tilla war jetzt total aufgeregt und verkrampfte ständig ihre Finger umeinander und sagte, dass auch

Trixi nicht da sei. „Mareike, die sich mit Trixi ein Zimmer teilt, hat keine Ahnung, wo sie sein könnte. Sie reden auch nicht viel miteinander. Sie sagt, ihre Jacke ist weg, mehr weiß sie nicht." Tilla fuhr sich verzweifelt durch das lange Haar. „Sie sind beide verschwunden. Und Tanjas Handy liegt auf ihrem Nachttisch. Das nimmt sie immer mit, wenn sie länger das Zimmer verlässt. Wir müssen Sunny Bescheid sagen!"

„Meinst du?", fragte Alex unschlüssig und sah auf die Uhr. Vielleicht sind die beiden am See oder ..." Ihm fiel ein, dass er selber am See nach Tanja gerufen hatte.

„Die Zwillinge!", rief Adrian plötzlich.

„Hä?"

„Sie müssen Tanja orten! Das können sie doch, oder?"

Die Idee hatte was, fand Alex. „Dann los!"

Er stürmte voran, Tilla und Adrian folgten ihm zum Zimmer der beiden. Langsam machte sich eine bange Sorge um Tanja in Alex breit. Er klopfte stürmisch an und Susa öffnete. Sie hielt Spielkarten in der Hand.

„Ihr spielt Karten?", kam Adrian ihrer Frage, was denn los sei, zuvor. „Könnt ihr nicht sehen, was der andere für ein Blatt in der Hand hält? Das ist doch echt doof."

„Das verkneifen wir uns natürlich. Aber was wollt ihr denn nun?"

„Tanja ist weg!", rief Tilla.

„Wie weg?" Susa sah verblüfft aus. „Kommt rein!"

Die Zwillinge wussten auch nichts und konnten Tanja mit ihrer Telepathie nicht orten. „Wir erfassen nichts von Tanja. Es ist, als würde sie nicht existieren."

Alex zuckte zusammen. Das klang, als hätte sie jemand weggezaubert.

„Sie muss außerhalb unserer Reichweite sein." Susi hob ratlos die Schultern. „Wollte sie weg? Nach Waren? Oder jemanden besuchen?"

„Nein, auf keinen Fall! Außerdem ist ihr Handy noch im Zimmer. Und was ist mit Trixi?", rief Tilla. „Könnt ihr sie orten?"

Susa blickte zu ihrer Schwester. „Du hast sie mal geortet, als sie sich im Zimmer unsichtbar machte, nicht? Ich kenne ihr Gehirnmuster zu wenig, um sie anpeilen zu können."

Susi nickte und schüttelte gleich darauf den Kopf. „Ich habe mir ihr Muster nicht gemerkt, ich erinnere mich kaum noch. Aber ich will es versuchen."

Wieder vergingen zwei Minuten. Schweißperlen zeigten sich auf ihrem Gesicht, dann schüttelte sie den Kopf. „Nichts."

Sie einigten sich darauf, Sunny anzurufen. Susa wählte mit ihrem Handy Sunnys Nummer. Den Lautsprecher stellte sie auf laut. Nach einigem Klingeln nahm Sunny ab und meldete sich.

„Tanja ist verschwunden."

„Wir haben sie überall gesucht!", rief Tilla laut.

„Und wir können sie nicht telepathisch orten."

„Halt, stop, stop!", rief Sunny. Immer langsam und einer nach dem anderen. Was ist los?"

„Tanja ist weg...", rief Susa.

„Und Trixi auch!", ergänzte Tilla.

„Okay, so wird das nichts, wer ist alles da?"

„Tilla, Alex, Adrian, Susi und ich", sagte Susa.

„Es ist fast zehn", murmelte Sunny, mehr zu sich selber. „Also gut, kommt her und erzählt mir, was los ist. Ihr wisst ja, in welchem Haus ich wohne."

Die fünf machten sich auf den Weg. Sunny, die Direktorin, wohnte auf dem Internatsgelände in einem kleinen Haus, wie auch einige wenige Lehrer und das Ehepaar Simone und Ralf, die als Köchin, Wäscherin und als Hausmann und Mann für alles für das Internat arbeiteten.

Sunny öffnete, bat sie herein und zeigte auf Adrian. „Du und nur du erzählst mir jetzt alles!"

Das tat Adrian und Sunnys Gesicht wurde immer besorgter. „Ihr könnt nichts von Tanja spüren? Sie nicht rufen oder so etwas?", wandte sie sich an die Zwillinge.

„Nein."

„Und bei Trixi fehlt euch das Gehirnmuster, um sie orten zu können?"

„Richtig."

„Habt ihr alle gefragt, ob sie eines der Mädchen gesehen haben? Oder fehlt noch jemand?"

„Wir haben alle gefragt, überall nachgesehen. Ich bin sogar kurz zum See gerannt, nix!", sagte Alex. Er sorgte sich nun sehr um Tanja. Es musste ihr etwas passiert sein, denn sonst hätte sie sich längst gemeldet. Sie war nicht der Typ, der einfach ausriss oder mal eben losfuhr, um die Eltern zu besuchen oder einen Abend in die Stadt fuhr, um einen drauf zu machen. Weder allein, noch in Begleitung. Wenn sie jetzt, so spät, nicht in ihrem Zimmer war, musste etwas Schlimmes geschehen sein. Alex fühlte ein immer stärkeres Gefühl der Panik aufsteigen. Dass Trixi auch verschwunden war, störte ihn weniger, es wunderte ihn nur. Es bestand die Möglichkeit, dass die etwas quirligere Trixi Tanja zu einem Trip überredet hatte, doch vorstellen konnte er sich das bei Tanja nicht.

„Also gut, dann müssen wie ganz konventionell vorgehen", sagte Sunny. „Wir machen folgendes: Ich rufe ein paar Leute zusammen, Thomas, Michael, Ralf, Wachleute, dann suchen wir das Gelände ab. Vielleicht sind sie hinten auf der Wiese, wo das Bogenschießen stattfindet oder sie sind nach außerhalb gegangen, warum auch immer. Wenn sie auf dem Internatsgelände sind oder in der Nähe, dann sollten wir sie finden."

Sie stutzte einen Moment und sah dann noch besorgter aus. „Habt ihr schon mal Probleme mit eurer Fähigkeit gehabt?", fragte sie die Zwillinge.

Die beiden schüttelten die Köpfe.

Sunny blickte einen Moment lang betroffen an die Wand, dann strafte sie sich. „Ihr geht alle auf eure Zimmer und schlaft. Morgen ist Schule und ihr geht zum Unterricht! Wenn Tanja oder Trixi auftauchen, ruft mich an. Wenn sie morgen noch nicht wieder da sind, was ich nicht hoffe, muss ich die Polizei einschalten, aber das möchte ich eigentlich nicht." Sie stöhnte. „Wo können die beiden nur sein? Ihre Eltern rufe ich auch erst morgen an, nicht vorher. Und niemand von euch kontaktiert sie vorher, verstanden?"

Alle nickten und machten sich mit besorgten Gesichtern auf den Rückweg.

Alex konnte die ganze Nacht kaum ein Auge schließen. Ständig grübelte er, wo Tanja sein könnte, was sie machte, in welchen Gefahren sie schweben könnte. Er nervte Adrian mit abstrusen Theorien und Ideen und hielt ihn vom Schlafen ab.

Am nächsten Morgen fanden sich Alex, Adrian, Tilla und die Zwillinge unabgesprochen schon sehr früh in der Mensa ein. Simone, die Köchin, deren Mann Ralf am Abend an der Suchaktion teilgenommen hatte, konnte nichts Positives berichten.

Sunny erschien und fügte den übernächtigten Mienen ihre eigene hinzu. Sie trank ihren Kaffee heiß in kleinen Schlucken, aß aber nichts. „Ich werde gleich die Polizei anrufen. Wenn sie nichts wissen, keine herumstreunenden Mädchen aufgegriffen haben, muss ich Tanjas und Trixis Eltern informieren. Sie werden mir die Hölle heißmachen, besonders Tanjas Eltern. Oh Maria und Jesus! Aber sie haben recht. Wie konnte es nur passieren, dass die Mädels verschwunden sind? Wieso passieren hier so viele schlimme Dinge, wie sonst in fünf Jahren nicht? Was habe ich nur falsch gemacht?" Sie schüttelte verzweifelt den Kopf. „Na gut, oder auch nicht gut, wie dem auch sei, ihr geht jetzt zum Unterricht, es wird Zeit."

Alex glaubte, sich verhört zu haben, er starrte sie an. „Ich kann doch jetzt nicht zum Unterricht gehen und so tun als wäre nichts!"

„Ich verstehe ja, dass du dir Sorgen machst, das tun wir alle, Alex, aber du kannst im Augenblick nichts anderes machen. Es ist am besten so. Also tu bitte wie alle hier, was ich sage."

Alex ließ den Blick einmal in die Runde schweifen. Er war noch nicht bereit, zum Unterricht, zur Normalität, zu gehen. In der schlaflosen Zeit der Nacht hatte er sich das Hirn zermartert, was passiert sein konnte und jetzt wollte er die für ihn wahrscheinlichste Möglichkeit nennen. „Ich glaube, sie sind entführt worden", sagte er aufgeregt. „Trixi sollte schon mal entführt werden, ihr erinnert euch doch noch, oder?"

„Klar, bei dem Überfall der Jäger aufs Internat!", rief Tilla und ihr Gesicht verdüsterte sich. Hass blitzte in ihren jungen Augen auf. Auf Jäger war sie sehr schlecht zu sprechen, schließlich hatten zwei von ihnen ihre Eltern ermordet.

Adrian nickte. „Da könnte was dran sein."

„Aber der Wachschutz hat keine Eindringlinge bemerkt und die Schutzkuppel steht", warf Sunny ein.

„Es kann nur zwei Möglichkeiten geben", schaltete sich Susa ein. „Entweder Entführung oder sie sind zusammen weggelaufen. Und das halte ich für Quatsch! Warum sollten sie das machen?"

„Oh Gott Tanja!" Tilla krampfte die Hände zusammen. „Und Trixi!", fügte sie hinzu.

„Wenn sie entführt wurden, ist es sehr wahrscheinlich, dass sie noch leben, das sollten wir positiv sehen", sagte Adrian.

„Positiv? Pah!" Alex sah aus, als wollte er Adrian gleich eine reinhauen.

Tilla hob eine Hand. „Mir fällt was ein, ich hatte es völlig vergessen!" Sie machte eine Pause.

„Was? Was ist es denn?", drängte Alex.

Tanja hat vorgestern ihr Armband vermisst. Ihr wisst doch, das Band von ihren Eltern, das Magie verhindert. Sie hat den Stein von dir, Alex, in ihr Fach gelegt und bemerkt, dass das Armband weg ist. Sie hat es gesucht und meinte dann, es muss jemand weggenommen haben. Wir haben unsere Sachen überprüft, ob noch etwas anderes verschwunden ist, aber es fiel uns nichts weiter auf. Nur das Armband war weg. Ob das was zu bedeuten hat?" Tilla sah in die Runde.

„Das könnte wichtig sein", sagte Sunny nachdenklich. „Es muss jemand genommen haben. Ihr wisst nichts davon?"

Alex, die Zwillinge und Adrian schüttelten die Köpfe. „Das eine muss mit dem anderen nicht unbedingt etwas zu tun haben. Es könnte Zufall sein." Adrian wiegte den Kopf hin und her. „Andererseits wäre es ein seltsamer Zufall, wenn erst das Armband verschwindet und kurz darauf die Besitzerin."

„Ob Tanja irgend etwas gehört hat, etwas Schlimmes über Hexen?", sinnierte Alex langsam, ein neuer Gedanke war ihm gekommen, den er jetzt ausformulierte. „Und so entsetzt darüber war, dass sie nur noch weglaufen wollte? Nichts mehr zu tun zu haben mit dem Internat und dem ganzen Hexenkram? Und dann hat sie daran denken müssen, dass Susa und Susi sie aufspüren können. Oder dass Jäger sie finden und ihr Gehirnmuster sehen. Also hat sie das Armband angelegt, um nicht mehr geortet zu werden ...", spann er seinen Gedankenfaden weiter.

„Das ist Quatsch, Alter!" Adrian schüttelte den Kopf. „Wieso hätte sie dann zwei Tage vorher das Armband versteckt und sagen sollen, es sei geklaut?"

„Und wie kommt Trixi ins Spiel?", fragte Susa.

„Hm", Alex hob ratlos die Schultern. Verdammt, es war alles so kompliziert! Wo zum Geier war nur Tanja und war sie mit Trixi zusammen?

„Jetzt macht euch nicht verrückt, besonders du nicht, Alex! Das bringt doch alles nichts. Bitte keine wilden Spekulationen und Vermutungen mehr! Vielleicht gibt es eine harmlose Erklärung für das Verschwinden von Tanja und Trixi", sagte Sunny und sah aus, als glaubte sie selbst ihren Worten nicht.

Alex war wütend und unzufrieden. Nicht zu wissen, was los war, war für ihn schlimmer, als wenn er Tanja in der Gewalt der Jäger gewusst hätte. Dann könnte er etwas tun, sich auf einen Kampf vorbereiten, Pläne schmieden, zu ihr fahren, um sie zu befreien. Aber nichts tun zu können, nagte wie eine hungrige Ratte an ihm und machte ihn fast wahnsinnig.

„Wir werden alle paar Stunden nach Tanja rufen und versuchen, sie zu orten, in Ordnung?" Susi versuchte, zu beschwichtigen.

„Gute Idee!" Adrian nickte.

„Also gut, Leute, ich muss jetzt die Polizei anrufen und zwei Vermisste melden. Ich hoffe, sie können uns helfen. Und die WWWF werde ich auch informieren müssen. Das gefällt mir gar nicht. Ihr nehmt am Unterricht teil, ich gebe euch später Bescheid, was weiter werden wird." Sunny stand auf und ging.

In der dritten Stunde hatte Alex Englisch bei Fräulein Pennygrave, einer jungen Frau, die keine Hexe war und in London geboren und aufgewachsen war. Alex konnte sich nicht auf den Unterricht konzentrieren und bekam gerade wieder eine Aufforderung von ihr, aufmerksamer zu sein, als zwei uniformierte Polizisten eintraten und ihn heraus baten. Sie gingen mit ihm in Sunnys Büro, das sie den Beamten für die Befragungen zur Verfügung stellte. Sie selbst war nicht anwesend.

Die Herren stellten sich vor und bekräftigten, dass es sich um kein Verhör oder ähnliches handele, sonder nur eine Befragung war, die er jederzeit abbrechen dürfe.

Alex hob die Schultern. „Fragen Sie schon."

Er musste berichten, was er am Vortag gemacht hatte, wann er Tanja das letzte Mal gesehen hatte und wie er zu ihr stand. Alex gab bereitwillig Auskunft und bat darum, Tanja mit aller Kraft zu suchen. Dann durfte er wieder in den Unterricht zurück.

Eine halbe Stunde vor Schulschluss erschienen Tanjas Eltern. Gleich nach ihnen kam ein zwanzigköpfiger Suchtrupp der Polizei an, um das Ufer, den See und die bewaldete Umgebung des Internats abzusuchen. Peter und Simone sprachen mit Sunny, der Polizei und schlossen sich dann der Suche an. Am Nachmittag trafen sie mit Alex, Adrian und den Zwillingen zusammen. Tilla war nicht dabei, sie kümmerte sich um Ron. Alex umarmte Tanjas Vater und Mutter und hatte Tränen in den Augen. Man kannte sich von Tanjas Besuch in der Müritzklinik und Alex sah in ihnen seine zukünftigen Schwieger-eltern. Er fühlte sich ganz krank vor Sorge um Tanja und bedauerte, nicht besser auf sie aufgepasst zu haben.

„Mach dir doch keine Vorwürfe, Alex", sagte Tanjas Ma.

„Genau. Du kannst doch nichts dafür, dass Tanja verschwunden ist. Eher würde ich Sunny, Frau Weinbrenner, die Schuld geben, aber ich sehe ein, dass es Unsinn ist. Sie kann nicht persönlich auf vierzig halbwüchsige Schüler aufpassen." Peter,

Tanjas Vater, schüttelte traurig den Kopf.

„Vorerst hat niemand schuld", sagte Adrian bestimmt.

„Ja ich weiß", stimmte ihm Tanjas Vater zu. „Wir müssen warten, bis die Mädchen wieder aufgetaucht sind und uns sagen, was passiert ist."

„Wir haben fast jede Stunde nach Tanja gesucht", warf Susi ein, um ein anderes Thema anzuschlagen. „Ich meine, mental gesucht und versucht, sie zu orten. Aber sie ist für uns nicht aufspürbar."

„Und Trixi?", fragte Simone, Tanjas Mutter.

„Von Trixi fehlt uns das Gehirnmuster, auf das wir uns konzentrieren müssen. Leider." Susa sah auch traurig drein.

Alex war bereits im Unterricht ein Gedanke gekommen, den er jetzt weiter verfolgte. „Mit dem Orten, da muss doch noch mehr zu machen sein", murmelte er nachdenklich und wandte sich an Susa. „Du meinst, sie ist außerhalb eurer Reichweite, richtig?"

„Das ist die wahrscheinlichste Möglichkeit."

„Okay. Und wir nehmen mal an, die beiden wurden entführt, also weggebracht."

„Ja?" Susa sah wie alle anderen auch Alex fragend an.

„Wenn wir nun mit euch im Auto eine Spirale um das Internat fahren, sozusagen Kreise ziehen, dann kommen wir vielleicht an irgendeiner Stelle in die Reichweite von Tanja, also ich meine, nahe genug an sie heran und ihr könnt sie orten!"

„Ey Alter, das ist eine geniale Idee!", rief Adrian.

Simone lachte unter Tränen auf. „Geht das?", fragte sie die Zwillinge mit so viel Hoffnung, dass es den Mädchen schon beinahe wehtat.

„Ja, möglich wäre es." Susa zuckte die Schultern. „Aber wir können nicht einfach kreisen, das Auto - welches Auto, wer soll uns fahren? - muss sich ja an die Straßen halten. Und wer weiß schon, wohin man die beiden gebracht hat? Vielleicht nach Frankreich?"

„Susa!", rief ihre Schwester zurechtweisend. „Sei nicht immer so negativ! Die Idee ist gut und bringt uns weiter. Wir können endlich aktiv etwas tun! Vielleicht kommen wir wirklich in Tanjas Nähe und können sie orten, das wäre doch phänomenal! Wie kommst du denn auf Frankreich?"

„War nur so eine Idee", gab Susa kleinlaut von sich.

„Das ist super, so machen wir es. Wir nehmen meinen Renault", rief Peter. „Ich fahre mit den Zwillingen." Er sah seine Frau an. „Du bleib hier und halte Verbindung zu Sunny und der Polizei. Und sag Sunny, was wir vorhaben, aber erst, wenn wir weg sind, für den Fall, dass sie etwas dagegen hat.

„Na gut." Simone nickte, froh, dass sich etwas tat, was ihre Tochter eventuell zurück brachte.

„Ich will aber mit!", rief Alex. „Ich kann nicht hierbleiben und nichts tun, dann drehe ich durch!" ‚Außerdem hatte ich diese Idee und ich bin Tanjas Freund, schon deshalb sollte ich mit!'

„In Ordnung, wir vier fahren", wies Peter an. „Also los!"

Erst am Abend kehrten sie von der erfolglosen Suche zurück. Die Zwillinge waren von der mentalen Anstrengung, nach Tanja zu suchen, völlig fertig, aber sie hatten keine Spur von ihr finden können. Alex war auch fertig, aber aus Sorge um seine Freundin. Er machte sich Vorwürfe, sie am Abend allein gelassen zu haben. In der Mensa bekamen sie ein spätes Abendessen, hier trafen sie Adrian und Tilla, die auf sie gewartet hatten. Alle versuchten, Alex seine Selbstvorwürfe auszureden.

Alex war total durch den Wind und wollte nicht auf sein Zimmer. Er wollte nicht tatenlos abwarten, bis der nächste Tag anbrach und Tanja wieder eine Nacht in der Fremde verbringen musste. Adrian schleifte ihn fast mit Gewalt aufs Zimmer und Sunny kam später bei ihnen vorbei, während Ronald bei ihr duschte. Sunny hatte sich schon gedacht, dass es Alex nicht gut ging. Sie erzählte ihm und Adrian von der Sondergruppe und machte ihnen, vor allem natürlich Alex, Mut, dass Tanja am nächsten Tag gefunden werden würde. Unbemerkt verabreichte sie ihm in der Cola ein Beruhigungsmittel, das ihn bald einschlafen ließ. Er war durch den wenigen Schlaf und die dauernden Sorgen um Tanja kaputt und schlief wie ein Stein.

Am Morgen suchte Sunny zusammen mit Ronald ihr Büro auf und traf sich mit Tanjas Eltern, Alex, den Zwillingen, Adrian und Tilla. Ronald - Herr Uhrig - war am Vortag aus Potsdam gekommen, wo er für die WWWF arbeitete und eine Sondergruppe gegründet hatte, weil ihm die Organisation zu weich und zu passiv geworden war. Den Abend hatte er mit Sunny verbracht, die beiden verstanden sich von der ersten Sekunde an prima.

Es wurde beschlossen, dass diesmal im VW Bus, der acht Plätze besaß, Ronald, die Zwillinge und Tanjas Eltern fahren und Kreise ziehen sollten, in der Hoffnung, dass die Zwillinge Kontakt zu Tanja erhielten. Das war ihre einzige Möglichkeit, die sie im Moment hatten. Die Polizei unternahm natürlich ihre Anstrengungen, Tanja zu finden, aber an einen Erfolg ihrerseits glaubte keiner. Sunny gab ausnahmsweise Susa und Susi den Tag frei, damit sie gleich nach dem Frühstück losfahren konnten. Alex wollte unbedingt wieder mitfahren, aber diesmal blieb Sunny hart und er musste wie die anderen zum Unterricht. Peter und Simone durften mit, um ihnen das Gefühl zu geben, etwas zu tun zu haben. Sie hätten sich sonst das Gehirn zermartert und wären in der Untätigkeit durchgedreht. Sunny überlegte die ganze Zeit, was sie noch tun konnten, doch ihr fiel nichts ein. Sie suchte mit den drei Männern aus Ronalds Truppe den Weg nach Waren ab. Alle hundert Meter hielten sie an und stiegen aus, um zu beiden Seiten den Wald zu untersuchen. Die Lehrer hatten Order bekommen, ganz normalen Unterricht zu machen und die Nachmittagskurse sollten unbedingt stattfinden. Das Internatsleben sollte so normal wie möglich ablaufen. Von der WWWF war ein zusätzlicher Wachtrupp eingetroffen, der die Schutzkuppel und den Grenzbereich des Internatsgeländes überwachte.

Auch der nächste Tag brachte nichts und Alex war weder er selbst, noch ansprechbar oder aufnahmefähig, was den Unterricht betraf. Er wurde von allen geschont, auch die Lehrer ließen ihn in Ruhe.

Als am Abend Sunny und Ronald am See spazierten, um ein wenig auszuspannen, bekam sie eine SMS, in der Tanja um Hilfe bat und ihren Standort durchgab. Sunny wollte sofort zu ihr, doch Ronald erklärte ihr, dass er und seine Männer die Richtigen für eine bewaffnete Befreiungsaktion seien und mitten in der Nacht machten sie sich auf den Weg zur Insel Poel in der Ostsee, in der Wismarer Bucht, auf der sich die Ostseeklinik befand, in der Tanja von Jägern gefangen gehalten wurde. Sunny sollte sich bedeckt halten, bis sie zurück waren, um Alex, Tanjas Eltern und den anderen nicht falsche Hoffnungen zu machen, falls die Aktion nicht klappte. Doch es ging gut und im Morgengrauen des neuen Tages wurde Tanja zurück ins Internat gebracht. Sie war durch ihre Gefangenschaft geschwächt, müde, erschöpft und durch die Erlebnisse; die sie durchstehen musste, seelisch belastet.

In der Dämmerung kam Tanja mit Ronald und seinen Männern im Internat an. Sunny und ihre Eltern hatten auf sie gewartet und nahmen sie in Empfang. Tanja kam aus dem Umarmen nicht mehr heraus und bedauerte nur, dass Alex nicht dabei war. Sie fragte aber gleich, ob es ihm gut gehe und war mit der positiven Antwort beruhigt. Sie fühlte sich müde, kaputt und innerlich irgendwie leer, ausgebrannt. Ihre Mutter lachte glücklich und drückte sie immer wieder an sich und ihr Vater strahlte wie ein Olympiasieger. Sunny wirkte um Jahre jünger und lächelte mädchenhaft. Sie war froh, ihre Lieblingsschülerin wiederzuhaben. Sogar auf den todmüden Ronald, der Tanja gar nicht kannte, übertrug sich die gute Stimmung und verdrängte für eine Weile die Müdigkeit. Nach der endlosen Begrüßungs- und Umarmungsorgie begannen Sunny und ihre Eltern, Tanja zu drängen. Sie waren neugierig und wollten wissen, was geschehen und was mit Trixi passiert war.

Tanja trank mit Ronald zusammen einen Kaffee und berichtete. Vom Gang zum See mit Trixi, von ihrem Verrat und der Entführung, den Fesseln und der Verletzung des Jungen, der vor ihren Augen geschnitten worden war, damit sie ihn heilte und die Männer ihre Fähigkeit im Einsatz sehen konnten. Als sie fertig war, herrschte eine kurze Zeitlang betretenes Schweigen, dann sagte Ronald: „Nur gut, dass wir dich so schnell befreien konnten und dass alles gut geklappt hat. Wir dachten ja alle, diese Trixi wäre mit dir entführt worden. Dass es ganz anders war, konnte keiner ahnen."

„Ich begreife nicht, wie Trixi das tun konnte", sagte Sunny enttäuscht. „Ich kannte sie ganz gut, habe mehrmals mit ihr gesprochen, nach dem Überfall der Jäger aufs Internat und sie kam mir wieder völlig in Ordnung vor." Sie schüttelte den Kopf. „Wie man sich doch manchmal täuschen kann ..."

„Vielleicht wurde sie gezwungen oder mit etwas erpresst?", fragte Tanjas Vater und sah Tanja an.

Die schüttelte müde den Kopf. „Den Eindruck hatte ich nicht."

„Was ist nun mit ihr, wo ist sie?", fragte Sunny.

„Sie hat die Seiten gewechselt und sich den Jägern angeschlossen", sagte Tanja. „Ich habe versucht, mit ihr zu reden, als sie einmal zu mir kam, doch sie glaubt, richtig gehandelt zu haben. Und ich glaube nicht, dass sie mit uns gekommen wäre, wenn wie sie gesehen hätten."

„Wir werden natürlich nach ihr suchen und sie vielleicht bald fragen können." Ronald schaute neugierig zu Tanja. „Aber sag mir doch, wie hast du es geschafft, die Feuerkugel des Jägers wieder zurückzuwerfen?" Er spielte auf den kurzen Kampf an, den es bei ihrer Befreiung gegeben hatte.

„Ich wusste eben, dass ich es kann und so habe ich es getan." Tanja hob die Schultern. „Und es war gut, dass es den Kerl voll erwischt hat. Ich bedauere es nicht. Er war grausam und unmenschlich!"

Ronald berichtete in knappen Worten von der Befreiung, von den Einzelheiten, die Tanja ausgelassen hatte. Dass es einen Kampf gegeben hatte und sie einen Jäger getötet hatte.

Ihre Mutter legte den Arm um sie. Wenn sie entsetzt darüber war, ließ sie es sich nicht anmerken. „Mach dir keine Vorwürfe, du hast das Richtige getan."

„Ich mache mir keine Vorwürfe!", rief Tanja hart.

Ihr Vater musterte sie besorgt. „Du solltest es aber auch nicht auf die leichte Schulter nehmen oder dich darüber freuen, schließlich ist ein Mensch, zumindest ein lebendes Wesen, tot!"

Sunny legte ihm die Hand auf die Schulter. „Schon gut, ich rede in ein paar Tagen noch einmal mit Tanja darüber. Jetzt ist das Erlebte zu frisch und sie ist viel zu müde."

Sie wartete Peters Nicken ab und fragte erstaunt: „Schon wieder ein Jäger, der Feuerbälle schleudern konnte?"

„Ich muss euch da noch einiges zu diesem Thema erzählen, aber nicht mehr heute", sagte Tanja und gähnte. „Ups, oder doch? Der Tag fängt ja erst an. Aber ich muss zuerst schlafen." Sie umarmte Ihre Mutter, dann ihren Vater. „Ich will zu Alex!"

Sunny sah auf ihre Uhr. „Okay, er muss sowieso bald aufstehen, geh zu ihm und wecke ihn. Wenn er zum Unterricht geht, legst du dich hin - in dein Bett. Ich sehe später nach dir, wenn ich die Polizei über dein Auftauchen informiert habe. Ich denke mal, deine Eltern warten dann in deinem Zimmer auf dich?"

Peter und Simone nickten.

Als Tanja in sein Zimmer trat, war Alex sofort hellwach. Er hatte sich unruhig hin und her gewälzt und an Tanja gedacht. Jetzt, als sie plötzlich an seinem Bett stand, glaubte er zuerst, es handelte sich um einen Traum. Aber im noch schwachen Licht des anbrechenden Tages sah er, wie ausgezehrt, müde und erschöpft Tanja aussah. Auf ihrem Gesicht lag ein Ausdruck von tiefem seelischem Schmerz, der nun von Freude überdeckt wurde. Das konnte nur die echte Tanja sein und kein Traumgebilde.

„Tanja!", hauchte er.

Sie warf sich in seine Arme und drückte sich so fest an ihn, dass Alex keine Luft mehr bekam. Ein wimmerndes Schluchzen entrang sich ihrer Kehle, dann küsste sie ihn, bis sie beide keuchend nach Luft ringen mussten.

Alex warf einen Blick auf das Bett gegenüber. Adrian schlief tief und fest.

„Woher ...? Wie kommst du ..?" Er schluckte und saugte sich mit seinem Blick an ihrem Gesicht fest. „Wo kommst du auf einmal her? Und wo warst du?"

„In der Hölle!", flüsterte Tanja und weinte dabei. „Ich erzähle dir alles später. Jetzt halt' mich fest, so fest du kannst!"

Das tat Alex und zog sie neben sich aufs Bett. Er schlug die Decke über Tanja und hüllte sie in warme Geborgenheit. In der nächsten Sekunde war sie eingeschlafen.

Alex ließ sie schlafen. Er schmiegte sich ganz dicht an ihren Körper und genoss ihre Wärme und ihre Nähe. Tanja roch nach Schweiß, ein Duft, der Alex wunderbarer als jedes Parfüm vorkam. Ihr Haar war zerzaust und strohig - wundervoll. Er musste sie fühlen, berühren, sich davon überzeugen, dass sie real und wirklich zurück bei ihm war.

Er streichelte ihr Haar, die Schultern, ihre Wangen. „Du bist wieder da", flüsterte er heiser. „Ich habe dich so vermisst! Ich liebe dich!"

Nach einer knappen Stunde musste er leider aufstehen. Vorsichtig weckte er Tanja und brachte sie, halb führend, halb tragend, in ihr Zimmer. Sie wachte gar nicht richtig auf, klammerte sich im Halbschlaf an ihn und ließ sich führen. Bei ihr warteten ihre Eltern und Tilla bereits.

Beim Frühstück, eine halbe Stunde später in der Mensa, war Sunny anwesend und sie erzählte von der

SMS mit Tanjas Aufenthaltsort, die sie unbekannterweise bekommen hatte, von der Befreiung Tanja und dem Verrat Trixis. Alex, Adrian, die Zwillinge, Tilla, Janina, Laurent und noch einige andere hingen an ihren Lippen und verfolgten jedes Wort, dass sie sprach. Beinahe glich die Mensa einem Versammlungsraum und alle kamen zu spät zum Unterricht. Aber der Unterricht an diesem Tage drehte sich eh nur um Tanja, um Hexen und Jäger, um die WWWF.

Die nächsten Wochen musste Tanja genesen, nicht an äußerlichen Verletzungen, aber an inneren Schäden. Auch hatte sie Substanz verloren, also abgenommen. Sunny und ihre Eltern hatten darauf bestanden, sie ärztlich untersuchen zu lassen und der Doktor hatte zwei Wochen Bettruhe verordnet. Der Psychologe hielt sich auf Abruf bereit, um ihr Seelenheil wieder herzustellen, aber Tanja bestritt, ihn zu brauchen. Alex wich nur von ihrer Seite, wenn er zum Unterricht musste. Sogar Fußballtrainingskurse ließ er saußen und blieb lieber bei ihr. Ihre Eltern fuhren nach fünf Tagen zurück nach Miersch in Luxemburg. Die WWWF brauchte sie und sie wollten abklären, ob sie zukünftig für Ronald und seine Sondergruppe arbeiten konnten.

„Alles Gute zum Geburtstag", sagte Tanja, in einer Mittagspause nach knapp fünf Wochen zu Ben. Inzwischen war es Juli geworden und ein wichtiges Ereignis stand in Tanjas Leben an. Doch zuerst hatte Ben seinen Ehrentag.

„Jetzt bist du einen Tag lang so alt wie ich. Feierst du am Abend?" Tanja lächelte etwas wehmütig.

Ben verstand ihre Anspielung. Er wurde heute fünfzehn und war damit so alt wie sie. Jedenfalls für diesen einen Tag, denn morgen war der 7.7. und Tanja wurde sechzehn. Rein zahlenmäßig war sie dann wieder ein Jahr älter als er. Er lächelte genauso wehmütig zurück. „Ach, was soll ich feiern. Trixi ist nicht da und selbst wenn sie da wäre ... Na, egal, vergiss es."

Trixi ... Der Name riss in Tanja unangenehme Erinnerungen an die Oberfläche, die sie gern in tiefste Tiefen des Vergessens vergraben hätte. Ihr Gesicht verzerrte sich sekundenlang und Ben erschrak und bereute seine Worte. Doch dann hatte sich Tanja wieder unter Kontrolle. „Nein, Trixi ist nicht da. Wenn sie hier wäre, würde sie ganz bestimmt zu dir kommen und gratulieren, okay? Daran musst du glauben."

„Okay, danke." Ben lächelte schwach.

Fünf Wochen war ihre Entführung her und körperlich war sie längst wieder fit, hatte sich in der Schule angestrengt, mit Adrian oder Sunny ernste Gespräche geführt, mit den Zwillingen Billard gespielt, mit Alex geknutscht, mit Brauner trainiert, doch seelisch war sie noch angeknackst. Der Junge in der Ostseeklinik, von dem sie nicht einmal den Namen erfahren hatte, geisterte öfter in ihrem Kopf herum, als gut für sie war und manchmal überkam sie unvermittelt ein Schauder - oder Bruno und Zack bedrohten sie aus einem Schatten heraus mit Tasern. Manchmal erfüllte sie tiefe Befriedigung, dass sie den Jäger, der den Jungen quälte, getötet hatte und sie wusste dann, dass dieses Gefühl nicht richtig war, doch sie wehrte sich nicht dagegen. Sie wehrte sich nur gegen Sunnys Versuche, sie zu einem Gespräch mit dem Psychologen zu überreden. Diesmal war sie es, die immer ablehnte. Sie merkte, dass sie gefühlskälter geworden war, aber sie hielt sich für okay und fand sich erwachsener und die Veränderungen an ihr oder in ihr gehörten eben einfach zum Erwachsenwerden dazu.

„Kopf hoch", sagte sie und verstand Ben. Trixi hatte mit ihr über Ben gesprochen, dass sie ihn mochte und ihn als Freund wollte und sie hatte sich einmal kurz mit Ben getroffen. Doch dann hatte sie Tanja zum See und außerhalb der Schutzkuppel gelockt und sie verraten. Und Ben grübelte nun schon seit Wochen, ob es Trixi ernst mit ihm gemeint hatte und ihn wirklich mochte, oder ob er nur Teil ihres Verratsplanes gewesen war. Das machte ihm zu schaffen und anscheinend konnte ihn auch sein Geburtstag nicht aufheitern.

Tanja selbst war es auch nicht heiter zumute, sie würde zwar morgen ein ganz besonderes Geschenk von Alex zum Geburtstag bekommen, aber dann musste sie ihre Eltern nach Miersch begleiten. Sie wollten ihre Tochter bei sich haben und es stand in den Sternen, ob und wann Tanja ins Internat zurückkehren würde. Und genauso stand es in den Sternen, wann sie Alex wiedersehen konnte. Das machte sie traurig, sie würde ihn so sehr vermissen!

Am nächsten Tag, Tanjas Geburtstag sah Alex Tanja nur kurz beim Frühstück und gab ihr Geburtstagsküsse. Sie würden sich später sehen. Tanjas Eltern wollten erst nach dem Unterricht kommen, sie nutzten den Vormittag, um durch Waren zu bummeln. Tanja hatte ihnen erklärt, dass der Nachmittag und der Abend Alex gehörte, wenn sie schon am nächsten Tag ihren Freund verlassen musste. Sie hatte eine Überraschung erwähnt, die Alex für sie habe und die Stunden in Anspruch nähme und ihre Eltern hatten das akzeptiert. Ihre Ma schien zu ahnen, worum es ging, doch sie sagte nichts dazu. Sunny kam in der Pause und umarmte Tanja und gratulierte ihr. „Ich werde dich sehr vermissen und ich hoffe, du kommst nach den Ferien wieder ins Internat zurück. Ich werde auf jeden Fall noch mehrmals deine Eltern anrufen und sie daraufhin befragen. Du kannst mich natürlich immer anrufen, wenn du willst, meine Nummer hast du. Aber wir sehen uns ja noch mal. Spätestens morgen, wenn ihr abreist."

„Danke. Ja, wir sehen uns noch. Ich werde dich auch vermissen, noch mehr als alle anderen hier." Tanja umarmte fest Sunny. „Vielleicht bleiben Ma und Pa ja nicht in Miersch. Sie wollen doch nur dort bleiben, wenn sie in Ronalds Sondergruppe aufgenommen werden und dort für ihn arbeiten können. Vielleicht gehen wir auch nach Potsdam? Und wenn es nicht klappt, ist sehr fraglich, ob meine Eltern überhaupt weiter für die WWWF arbeiten werden."

„Das wird schon klappen", sagte Sunny. „Ronald werde ich auch vermissen. Ich glaube, ich werde ihn schon bald mal besuchen." Sunny lächelte verliebt. „Und wenn ihr dann gerade in seiner Nähe seid, sehen wir uns!"

„Das wäre so schön! Hoffen wir, das es möglich wird." Tanja lächelte jetzt auch. Ronald und du, ihr werdet sicher ein tolles Paar!" Tanja strahlte sie an.

Sunny lächelte. „Du bist mit Alex auch ein tolles

Paar, halte dir den Jungen warm, auch wenn ihr eine Zeitlang getrennt seid."

„Das mache ich, keine Sorge! Und du schicke uns die Übersetzung des Tagebuches. Schade, dass der Professor so lange an seiner Lungenentzündung leiden musste und nicht arbeiten konnte. Jetzt zieht sich die Übersetzung schon so lange hin."

„Mache ich. Aber nun muss ich weiter, wir sehen uns." Sunny winkte.

Nach der letzten Stunde eilte Tanja zu Alex. Sie drehte sich nach einigen Metern noch einmal, um das Schulgebäude zu betrachten. Sie hatte es in diesem Schuljahr zum letzten Mal verlassen. Würde sie es je wieder betreten? Sie hatte den letzten Test gut gemeistert und das neunte Schuljahr war für sie erledigt. Jetzt zählte nur noch Alex. Die Zwillinge, die mit mehreren Mädchen und Jungen die Schule verließen, winkten ihr grinsend zu. Sie wussten, was ihr bevorstand. Mareike und Janina, denen sie in den letzten Wochen beim Soap-Gucken am Abend näher gekommen war, traten einen Moment zu ihr.

„Nimmst du schon langsam Abschied?", fragte Janina, die doch keine Zicke war, sondern sich nur gern als eine solche gab.

Tanja nickte.

„Ist ja doof, Geburtstag zu haben, wo man doch eigentlich feiern müsste und gleichzeitig zu wissen, dass man am nächsten Tag weg muss. Traurig."

Tanja hob die Schultern. Was sollte sie sagen, so war es eben und sie konnte es nicht beeinflussen. Die

Entscheidung ihrer Eltern stand fest.

„Ich treffe dann Ben", sagte Mareike. „Wünscht mir Glück."

Tanja sah sie an. Mareike war ähnlich quirlig wie Trixi, klein, frech, blond und selbstbewusst. Sie war etwas älter als Ben, doch sie konnte sich die beiden gut zusammen vorstellen. „Du brauchst kein Glück, das wird schon gut werden", sagte sie bestimmt.

Janina nickte dazu. Tanja ging zu ihrem Zimmer, um zu duschen, sich umzuziehen und schon ein wenig zu packen. Irgendwann später kam Alex, nahm sie an der Hand und führte sie zum Jungsflügel des Schlosses und zu seinem Zimmer. Vor der Tür blieb er stehen und sah Tanja mit leuchtenden Augen an. „Adrian ist nicht da, er wird die Nacht bei Laurent verbringen, Sunny und Tilla wissen Bescheid, alles ist okay. Niemand wird uns stören, nur einmal wird es klopfen, so gegen sieben, wenn Svenja uns Abendbrot und etwas zu trinken bringt. Alles klar mit dir?"

„Alles klar", hauchte Tanja mit pochendem Herzen. „Du hast an alles gedacht."

„Jepp! Komm rein."

Er öffnete die Tür und zog Tanja hinein. Im Zimmer war es hell! Unzählige Teelichter bedeckten den Boden und sämtliche gerade Flächen und tauchten den Raum in einen unwirklichen, warmen, gelblichen Schein. Auf dem frisch bezogenen Bett und auf dem Boden lagen rote Rosenblätter verstreut.

Tanja riss die Augen und den Mund auf. „Das ist ja absolut irre! Wunderschön!"

Alex zeigte zum Nachttisch, auf dem in einem

Sektkühler eine bauchige Flasche steckte. Zwei leere Gläser standen davor und warteten darauf, mit prickelnder Flüssigkeit gefüllt zu werden. Es gab einen Teller mit Obst, Toasthäppchen und halben Eiern mit Kaviar. „Wow, nein!", staunte Tanja. Sie war völlig überwältigt und Tränen traten ihr in die Augen.

Alex umarmte sie, dann strich er ihr die Tropfen von den Wangen. „Willst du was essen? Trinken?", fragte er.

„Küss mich endlich!", flüsterte Tanja und zog ihn wieder an sich.

Alex zog Tanja auch an sich und und küsste sie. Sie schmiegte ihren Körper an seinen und er spürte ihre Brüste an seiner Brust. Er erinnerte sich an den Moment, als sie nach ihrer Rettung durch Ronald und seine Männer wieder aufgetaucht war und in sein Bett kam. Er hatte sie gestreichelt und tiefe Freude und Glück darüber empfunden, dass sie wieder da war. Jetzt überschwemmte ihn neben dem Glücksgefühl sexuelle Lust und sein Mund wurde trocken. Sanft schob er Tanja ein Stück von sich und schluckte hart. „Ich glaube, ich brauche jetzt einen Schluck", sagte er mit belegter Stimme. „Lass es uns langsam angehen, ja? Wir haben Zeit."

Tanja lächelte glücklich. „Ja, die haben wir."

Autorenimpressum

Heiko Grießbach

Glambecker Ring 59

12679 Berlin, Germany

vqcy@freenet.de

1. Auflage 2015

Korrektorat Schreibbüro Buck, Schreibbuero@buck-systeme.de

Vom Autor gibt es auch E-Books und Taschenbücher in den Genres:

Thriller (Im finsteren Wald)

Abenteuer (Alpengold)

Geschichten für Kinder (Die Schwindelhexe)

Ein Beschäftigungsbuch für Kids (Langeweile? Nein Danke! Ein Beschäftigungsbuch für Kids)

Herzschmerz (Leben und Tod im Frühling)

Scifi (Kontaktversuche, Ter Ternier Sein Weg ins All)

Dystopie (Betacity)

Sherlock Holmes Geschichten

Und natürlich Hexeninternat; Hexeninternat 2 - Tödlich verletzt; Hexeninternat 3 - Gefangen

Unter den Pseudonym „Nan Dee" schreibt der Autor für Jugendliche und Frauen:

Kein Kerl zum Verlieben

Berlin Hawaii - Kailua High

NACHWORT

Ich danke fürs Lesen. Auf meiner Autorenseite xheiko.de steht auf der Unterseite Leseproben >> Hexeninternat etwas über die Bücher und über Bernau mit dem Hexen-denkmal. Dazu gibt es Fotos und Infos.

ABOUT THE AUTHOR

Geboren 1966 in Leipzig wohnt der Autor nun mit seiner thailändischen Frau in Berlin. In seinem Brotjob arbeitet er als Mikrotechnologe.

Der Autor schreibt seit drei Jahren einfache Unterhaltungsliteratur und ist ständig bestrebt, sich zu verbessern.

Begonnen hat er mit Kurzgeschichten in verschiedenen Genres wie Thriller, Horror, science fiction, Abenteuer. Inzwischen kommen Romane von ihm, die lngsam umfangreicher werden. Dennoch sind seine Werke kurz und atmosphärisch dicht geschrieben.

Der Autor wünscht sich Feedback und Kontakt zu seinen Lesern, er möchte sich über seine Werke austauschen, möchte Kritik, Hinweise, Kommentare, Anregungen, möchte seinen Horizont, sein Wissen und sein Können erweitern.

17520676R00099

Printed in Great Britain
by Amazon